序

この突然起こったことに、途方にくれ、パソコンに向かうしかありませんでした。どこかに私のような状況に在る方がおられるのではないかと思ったからでした。

一方、自分でも予期しない、説明のしようもない、しかも日々今後書き続ける事が、まして終える事もできそうにないと思うからです。

なぜなら私の意志に反した状況は、日々決して良くなるどころか逆にひどくなっているからです。しかしなんとか書き尽くしたいと願っています。

途方にくれる道のりは一人一人夫々でしょうが、互いの快方に向けての努力に示唆を得たり、なんらかの異なった方法を見出せる可能性が無いとは限らないと信じ、それが快方へのほのかな光になればと願う当事者からの呼びかけなのです。

なぜ私の足は勝手に動き出したのか?

目次

なぜ私の足は
勝手に動き出したのか

第一章

1　富山への移住

私には娘が二人います。一人は富山でもう一人は東京にいます。正月やお盆に会おうとすると移動に時間を取られ、時間は限られます。二人とも故郷に戻ってこない。夫も私も両親は亡くなっていた。それで、思い切って富山県に移住しようと考えた。

北陸の冬は厳しくても、厳しさあっての春でしたし、水豊かな富山に憧れていた。仕事と登山が趣味の夫にとっても富山はうってつけのはずと考えた。

長女夫婦が家を建てると言った時、長女の夫は、隣接する土地も買って二世帯住宅にしようと提案してくれた。しかし夫は、いや二世帯では、お互い気もつかわなければならないからと即座に断った。気を使うことより金銭的な問題もあると私はなにも言えなかった。

両親の介護と仕事と富山の行き交いの生活をしていた。

両親が相次いで亡くなり思いがけなく遺産が入った。けれど娘の両隣も周りの宅地もすでに埋まってしまっていた。

その後、富山情報や新聞折り込みを取っておいてもらって富山に行くたびに即住める物件を見て回り始めた。何軒も見て回り、娘夫婦と同じ校下で五分ほどの物件に決めた。生活環境が便利で静かだった。私は実家の間取りに似ていた事と、不動産会社の人に、売却理由はハンギングではないですかと尋ねた。サブプライムローンのあおりで経営していた旅行会社が倒産したからですと教えられた。それでは個人の努力では防ぎようが無かったと納得した。

私は引越しを始めた。両親が亡くなっては故郷を失くしたも同じでした。また両親が残してくれた資金のおかげと夫の協力で購入出来た。遺産皆な使っては、仕事もすぐ見つかるはずはないだろうからと夫が言った。私はそれまで、お金は無くても借金も無いと胸張っていた。移住したてでは「そりゃそうだ」と同意した。


夫はまだ仕事があるからお前だけ先に行けと言った。もともと異なった職種の仕事をしていたので異論はなかった。

家は買ったといってもすることがたくさんあった。「はやばやと買うと決めてしまったから、不動産会社は、現状で承認された、として手をひいてしまったのだ」と、私のせっかちを怒った。その為に外壁の塗装や車庫のシャッター交換、洗面台は夫が新品を買った。費用がかかった。それでも、カーテンをかけたり、カーペットをみつくろったり、なにかと忙しくて楽しかった。

私が来る事で娘夫婦の役にたちたいと願っていた。意欲まんまんになっていた。

2　弟が倒れた

義妹の圭子さんから電話がなった。かかったことの無い時間だ。弟が「頭が痛い」と会社を休んだ。休んだ事が無い弟だ。どこの医者にゆこうか、仕事を休む程辛い！　いつもかかりつけの医者はあるが、ただならない気がした。彼女も同じような危惧からの電話だった。総合病院の脳外科でも掛かった方がよいのではと言って私も駆けだした。

頭痛があって吐き気があると大病を疑ってみるようにと聞いていた。母が四年前に亡くなり、その二年後に父も亡くなり、それから二年、やっと弟たち若い世代の生活が始まったばかりだった。「もう病人は堪忍して！」が正直な思い。事無きを祈った。

病院に着くと、圭子さんから再び携帯が鳴った。

「お姉さん、今脳神経の待合室にいたら慎二さんが、いきなり、おーと叫んで倒れ、診察室に運び込まれたの。怖い」

「えっ今下に来た。すぐ行く」と階段を駆け上がった。圭子さんは立ったまま待っていた。

弟は「うおー」と叫ぶと、(のけぞるように倒れた、と繰り返し、おびえていた) 黙って並んで待合室のソファに腰かけ、診察室の入り口を注視していた。一体どうなったのか？　考えようもなかった。ただ待っていた。待つしかなかった。随分待った気がした。

戸が開いた。弟はストレッチャーの上に横たわっていた。私たちは、呼ばれ診察室に入った。

医師は、脳に影がある、もっと詳しく調べなければならない、このまま救急車で大学病院に行ってもらった方がよい、救急車には、どなたか付き添ってもらいたい、たぶん入院になると思います、との事。

何がなんだかわからないが、とにかく指示にしたがわなければならない。

「入院なら一度家にもどって、後を追っかけてゆくので、お姉さん救急車で行ってください」

妹は階段を駆け下り、私は弟と看護師さんの方へ走った。救急車の中はひどく揺れた。血圧など正しく測れるのだろうか、と弟の脚を抑えるように両腕で支え持っていた。

救急車からの搬入口は救急救命の処置や検査室が並んでいた。それらを終えて病状に適した科へと移動となった。弟は神経外科だった。また検査が待っていた。圭子さんがやって来た。

検査、治療経過など資料として使用しても良いとの承諾書を渡されたのでサインしたと弟。

救急車で来た日にすぐ！　と思った。入院は決まっていたがまだ私たちは何もきかされていなかった。病衣を着て署名していた弟の姿が浮かぶ。

3　とにかく生きて！

「脳腫瘍」余命一ヶ月との診断だった。

桜祭りが近づいていた。弟は最初以来まだ特別な自覚症状もなく、薬でおさえられているのか、いつものように食事の後歯を磨き、早々に社会復帰する気でいた。

私と圭子さんは、健康に暮らしていた弟が、突然余命一ヶ月と宣告されても告げようがなかった。一階に降りてベンチに後ろ向きにかけ、植え込みを見るでもなく見ていると、「あ、おねえさん」と声がした。弟の友人たちが見舞いに来てくれていた。「慎二君、思ったより元気そうで安心した」と笑いかけた。

「ありがとうね。忙しいみなさんなのにわざわざ来て頂いて」と言うしかなかった。（あと一ヶ月）、何度つぶやいても、自分が何をつぶやいているか、今どこにいるかも忘れそうになる……。七階を見上げ、飲み物を買ってくる、と出て来てしまっていた。

弟は少し機嫌が良かったものの、やはりいきなり見舞われる自分に戸惑っている風だった。善良で妻子思いで両親にもやさしかった弟がなぜこんな病に倒れなければならないのか……。桜祭りには青壮年部で神輿を担いだり、一番忙しい世代だった。

四月第二の土、日になった。圭子さんと一緒に病院にゆくはずだった。「お神楽がくるから行けない」と言ってきた。神輿の廻る町中は注連縄を張り巡らせ、神社の巫女たちが、魔を払ってお神楽の道行きを清め、一軒一軒、幸運の一舞をし、お布施を渡す慣例だった。御神楽は来年も来るだろうに、と一瞬思った。が、そう思うのはとんでもないことかと、あわてて否定した。今年こそ、いつもの年と同じように、お神楽を舞ってもらいたいのだと思いなおした。

私は郊外だったのでお神楽のルートではなかった。両親がいて元気な時は、必ず馴染みの料理店から、ご馳走を取り、寿司をつくり、みんなでワイワイ食べた。それはずっと続くと思っていた。首を振り一人で出かけた。病院の行き帰り弟の病気を知らずに亡くなった両親は、それだけでも一つの救いだと思いながら、両親に、弟を連れてゆかないで、弟を見守ってと、何度祈った事か。

黙っているつもりだった東京の叔父に電話した。「なぜすぐ言わなかった」と怒鳴られた。そんな大学病院なんかで治るはずがないだろう。実験材料にされるのがおちだ。その怒鳴り声は、救急車で入った日に検査や診療経過を資料として使う事への承諾書にサインさせられていた事を思いださせた。

「俺に任せておけ、神の手といわれている医者とコンタクトを取ってやる」と言った。私たちは大変な間違いをしているのではないかと動悸が打った。どうしようか？

慎二は、私たちが入れ替わり毎日のように来るので、「俺の命、短いという事か？」と問うた。私は、「そんな事になったら大変だし、ここに紹介されてきたけれど、ここが、あんたにとってベストかどうか心配で、叔父さんに聞いたら、もっと良い医者がいると言うので、そこへ行く気があるかどうか、あんたはどう思う」と尋ねた。

「脳腫瘍だけでなく、大学病院の設備はほとんど同じだと思う。俺テレビで騒がれているからと言って、本当かどうか、どんな腫瘍がとれたかもわからない。今みんなと遠くに離れて、一人で治療にゆきたくない。心配せんとみんな自分のこと一生懸命しとって」と静かに言った。

「看護師さんも忙しいから何か欲しい物や用事があったら手伝おうと思い、」と付け足すと、

「べつにほしい物も用事も特に無いよ。退院できたらまた普通の生活にもどりたいだけだから」と言った。

病状が安定していたので、本人の強い要望で退院する事になった。私と圭子さんは医局に呼ばれて、注意事項など様々聞かされていた。病室に戻ると、「何をもたもたしているのだ。ゆくぞ」と荷物を自分でまとめ急がせた。どんなに帰りたかったたか。

転作で広がる麦畑とも知らなかった。いつの間にか黄金なす麦秋になり、その麦も刈り取られ夏になっていた。

夏休みは誰か彼か家にいるので、自宅療養をしていたが、弟の頭に芽生えた癌は次第に魔性を露にしてきた。子供たちが大学や高校に戻った夏の終わり、またも救急車を呼ぶことになった。

左側頭部の耳の後ろの深い部分に見つかった癌は除去が困難で、急速に視神経や運動神経を圧迫してきた。それでも自分でトイレや歯磨きにゆきたがった。肩を貸して行った事もあった。身長一八〇センチ近い弟を支えるのは重労働だった。それもすぐ車椅子に代わった。

「今日は暗いな」

主治医から聞かされていたことが起こったと、胸が動悸を打ち出した。涙は喉に飲み込んで、

「うん、今日は曇っている」と言った。

その後なにも見えなくなったはずなのに、以降、ひと言も不便さも愚痴も、一切なかった。

虫歯一本なかった歯の手入れは妻と看護師さんに代わってしまった。余命についてはなにもいえなかった。私と妹にとってそれ以上でも以下でもなく、受け取れる限度だった。弟は流石に自覚させられたのか。私たちはそれでよかったのか今も悩む。

弟は、せめて末の息子が社会人になるまで生きていたいと言った。言葉として鮮やかに意思表示を聞いたのはそれが最後であった。その息子はまだ高校生。

妹と私は、視神経が圧迫されてから、朝食は私、圭子さんは昼食の介助に通った。食事は二

択製で前日に選べた。勿論、必要な患者には食事の介助もしてくれるが、私たちは食事がくばられるのを待ってすぐ食べさせたかった。妹の職場の方々の協力は有難かったが、代わりの方と交代した。八ヶ月がんばっていた。

「呼吸を楽にする為気管を広げて呼吸器を繋ぎます」と言われた。突然の感がした。「そんな事しないで他に方法は無いのですか」

弟も一度、「六回も出たり入ったりしたのに、ちっとも治らない。血圧なんかはかったところでなんになる」と楯突いたことが有った。そして再び、ここではもう手の打ちようが無い、と言われた。後はここで看取られますか、との事。

止む無く、家から五分で駆けつけられる元の総合病院に転院した。高校生の末っ子が下校後すぐ来れるから……。ナースセンター前の一人部屋に入った。

窓の外に銀杏の木が見えた。それが、色付き、葉も落ちつくしても、弟はがんばっていた。点滴と酸素吸入器と心電図に繋がれている日々になっていた。それでもなんとかならないかと願っていた。生きて、生きていて。

4　あっ、車が！　右脚一本鉄工所に預けて

もう二四時間目が離せなくなって、妹と交代で病院通いをしていた。

その朝から、私の番だった。

病院の駐車場は長い駐車ははばかられた。朝七時前に自転車で家を出て病院に向かった。大きな交差点を渡ると、わき道から横断路を横切ろうとした時、白いバンが右折して横断路に入って来た。自転車がバンと接触したのは覚えていた。が、倒れた瞬間は覚えていない。誰かに、「名前は、住所は」と、二度大声で尋ねられた。それには応えたつもりだった。それっきり何も分からなくなってしまった。


「痛い、」

つぶやくと、看護師さんに、「気がつかれましたか」、救急車で運ばれ頭のＭＲＩを取って戻った、と説明された。次は、全身の検査があるが検査着に着替えてもらいたいとの事。

痛みがひどい。それまで何の痛みも感じていなかった。即死は楽だろうと思った。右側の痛みがひどい。看護師さんが着替えさせようとされるのだが右手が激痛であげられない。

「切ってもいいですか？」

切れ味、いい音がした。下着もろとも切ってもらった。こんな辛い着替えはなかった。それが辛さの始まりであった。

自転車ごと倒れたが頭から落ちなかったらしい。頭は大丈夫だと聞かされた。右側頭部は切り傷ですんだ。損傷は右側、コンクリートに打ち付けられた方だ。右鎖骨骨折と右膝の粉砕骨折だ。太い脚が二倍程に腫れ上がった。腫れが引くまで手術は、痛みに耐えながら、一週間待たねばならなかった。

粉砕骨折の為、創外固定という方法での手術だった。膝で七時間を要した。その為肩の鎖骨骨折は単純骨折で手術は行われないでクラビクルバンドで固定された。

創外固定とは、膝を中心に吊り橋を造る事であった。特殊な手術で体内に金属を残さない骨密度の高い人に出来る手術だと説明を受けた、と夫から聞かされた。想像できないまま、もうさっさと手術してもらいたい、と了承した。私は病院で寝ている場合ではなかった。

しかし、砕けた膝の骨片をジグソーパズルのように組み合わせ、外から何本もの長いピンで止め、それらのピンは膝を直径八〇センチのステンレス製の輪から下ろされた形で膝に固定された。つぶれた箇所は腰の腸骨を削り取って修復された。膝の輪っかを支える為にスネと大腿部に二本ずつチタン製の杭が建てられた。その建造物の全様を見たのはかなり後だった。

「先生、私患者優等生になりますから一日でも半日でも速く退院させてください」と言った。


小学四年の時学校から戻ると生まれていた弟。どんなにうれしかった事か。弟のお守りをさせられた。それがうれしかった。夏のある日、室内に吊るした揺りかごに弟はねむっていた。柱に寄りかかって本を読みながら、涼風がゆくよう揺りかごをゆすっていた。心地よげな寝息と揺りかごの網目からのぞいたちっちゃな手。なんと静かな、ふっくらした時間だったことか。

出来るなら、私を繋ぐチューブを引きちぎり、右脚の上にステンとチタンで膝を中心に組み立てられた吊り橋をぶっ壊したい。そんなこと出来るはずもなかった。しかもそう速く直るとは考えられなくなっていた。それでも速く治したい。万全を尽くしてくださっていても、日薬つまり本人の自然治癒力に依る所大であるとも言われた。

「この状態で出来る事は何か」と。いつも失敗し続けたダイエットだと決めた。ドクターは歓迎した。退院後も膝に負担はかけられないと言われた。

まず管理栄養士さんに来て頂き、食品の分類とカロリー等価票など頂いた。規定のカロリーを下げられるだけ下げてもらった。待ちわびる食事はゆっくり噛んでも五分ともたなかった。

空腹を感じた時はお茶か自然水を飲んだ。かつて、食事と食事との間に空腹を感じたことが無かった。太るはずだった。

見舞客はおいしそうな食べ物を持ってきてくださったが食べられなかった。同室者には治療の妨げと禁じられ、看護師さん達にも受け取ってもらえなかった。友人たちには何ももたないで、顔だけ見せてと願った。脚の装備に驚き、尻込みした友人たちも口が元気で安心したと何度も来てくれた。口がきけないくらいなら、死んだ方がましだと笑った。ベッドサイドの窓辺は花々や写真立てなどで華やかになった。

日中は、今日より明日はよりよくなることを目標に頑張った。けれど早い夕食に続く長い夜は、紛らわす事のできない辛さが押し寄せてきた。

圭子さんの両親は自分の娘婿の看病のために事故に遭ったと恐縮して、遠くからすぐ見舞いに駆けつけてくれた。役割分担出来なくて申し訳ないと伝えた。帰りがけ圭子さんの父は、「おねえさんは一日一日よくなると思うけれど、婿さんの事を思うと」と、声をつまらせ病室を出てゆかれた。娘の事、三人の孫たちのこと……。

見送りも慰めの言葉一つかけられないまま、動かせる左手でかけカバーを引きあげ、あふれる涙をかくすばかりだった。

5　救急車の入らない日はなし

暖房は入っていても風の吹くトンネルに片脚を入れているようで寒かった。見廻りに来てくれる看護師さんを待って、布団のヘリを押さえてもらうまで眠れなかった。そんなこんなで一時間半毎に目覚めた。

ズンズン大またで歩き、大声でしゃべり、屈託無くドーンと眠り、朝目覚めて自分の足でトイレに行けた事が、どんなに有難い事だったかが思い知らされていた。

そんな夜中にも救急車は入って来る。毎日、毎夜救急車の入らない日はほとんど無かった。整形六人部屋も空く間がない。いろいろな人がやってくる。

新聞を読もうとコタツの上に置き、広告の束をコタツ布団の端に置いた。電話が鳴り取ろうと立ち上がり、踏み出した時靴下はそのスベスベの広告の束で滑り腕をつき骨折した人。夜ゴミを出しに行き側溝の上を歩いて蓋の無い箇所に落ち踵の骨が砕けた人。歩道のない道を歩く場合車や自転車にぶつからないと考えての事だったと言う。

日常の中でふと自分にも起こりそうな事故もかなりあった。お互い自己紹介はここに来なければならなかった理由を語り合い、ふいに訪れた非日常をおしゃべりで埋めていた。自分の人生を語ってくれる人もいた。入院が長引けば人生勉強にもなった。

大腿部の二本のクイを外してもらえる事になった。麻酔をすると回復が遅いと聞いたので、ドクターに麻酔なしで、してくださいと頼んだ。杭の長さも太さも箸くらいで、時間もそれ程かからないとの事で同意してくれた。手術室の中は部位だけ空けた手術着を被せられているので様子は分からなかったが、本当にスパナとかなんか金属工具が触れ合う様な音がした。上部の輪との接続部分は私には関係ない鉄工所作業、あと二本はスポンと抜いてもらえると思っていた。が、バンジージャンプで綱が切れ地面に激突したらさもありなん様の叫びを発して終了した。ふう〜。

6　初春の別れ

術後、脚は固定したままでも車椅子に乗せてもらえた。

ついに弟に会える。ああ神様、ああ神様。ありがとう。椅子を押してくれる看護師さんだけでなく誰もかれもにありがとうだった。圭子さんから時々様子を聞いていたが会うのは一ヶ月ぶりた。

弟よ。よく頑張っていてくれた。また応援に来るからね。弟に語りかけた。長いこと来れなくてごめんね。心配させてごめんね。これからまた来るからね。同じ病院にいるから一緒に頑張ろうね。一緒に新しい年を迎えようね。と精一杯語った。

弟は聞こえていると信じていた。これからは自分で弟に会いにゆけるようにならなければならない。

体重は一ヶ月で三kg減っていた。自分で弟の所へ行けるようになりたい。忙しい看護師さん達を呼ぶ前に出来る事は自分でしよう。動かせる左手を活用しよう。軽いプラスチック製の鋏棒を手に入れた。カーテンの開閉、小物の寄せ取り、ゴミすて、まだまだできるようになった。車椅子に装具をつけたまま移れた。

弟のところへゆくと、末っ子が弟の足元に突っ伏して眠っていた。学校の帰りに来たらしい。起こさないで、そのまま自分の部屋に戻った。冬休みに入ると大学から戻った長女が弟の傍らに腰かけて、酸素吸入器のマスクがずれると、すかさずなおしたりしながら日中付き添っていた。弟は危篤状態で持ちこたえていた。心電図が波形をとぎらせそうになり、また微かに盛り上げる。五感の最期まで残るのは聴覚と読んだ。娘の声をより聞かせたかった。姪に分かりきった質問などしてみた。

正月となった。弟と私は病院で新年を迎えた。小さく薄い梅の形のかまぼこや、ごりの佃煮、黒豆、大根膾などおせちの定番が紙パックに入っていた。そして院内職員一同皆様の快癒とご多幸を願っています、とのメッセージがそえられていた。そのおせち膳と心づくしが嬉しかった。このおせちにさえあずかれない弟のところへ急いだ。弟家族は疲れているだろう。だれか来るまでそばにいてやりたかった。側にいるといっても心電図と弟の顔とを交互に見ながら手をさすり、「本当に年を越せたね」と告げたりするだけ。

五日夕、末っ子に交代した直後、波形は描かれなくなってしまった。弟はついに力尽きてしまった。

五十三歳弓道でインターハイにもいった。健康な男だった。

葬儀の式だけ介護車で参列が許された。脚を伸ばしたままの参列……、式の間中涙がとまらなかった。式がおわると見送りもそこそこに戻らなければならなかった。冬なのに、晴れて雪のない道を弟のいない病院に戻っていった。

翌日葬儀の事務処理などをかた付け、報告書を圭子さんに渡してきたと夫がやってきた。ごくろうさん。夫は夜もろくに寝ていないはずだった。ありがとうね。斎場にゆかれなかった方が良い気もしていた。弟が、この廊下を曲った向こうの病棟にいる、とまだ思えそうだったから。通夜の席で姪が父への弔辞を読んだ時、女性だけでなく男性の参列者たちまで泣いていた、と告げてくれた。聞きたかった。

夫はいきなり、若かったから立派な骨だったと焼き場の職員も言っていた、と。それを聞くなり、心にあのバンジーの痛みが突き刺さり悲鳴が出た。「止めて」、夫に声を荒げて叫んでしまった。

「あれ、おれ何か悪い事言ったかな」

「ごめん、何も」と謝ったけれど心臓は激しく波立ったままだった。

弟のあの生きようとする強い意志を受け止め、生へと向かわせられる途も人もいなかった。もういなくなってしまった……。

夫は、「晩飯なににしようかな」と帰っていった。

その後姿に、もう一度、ごめんなさいと言おうとしたが声にならなかった。

7　リハビリ階へ　開かずのカーテン

最上階への引越しとなった。六人部屋なのに同室者は一人だけだった。看護師さんに車椅子を押されて入ってゆき、その同室者に挨拶しようとした時いきなりベッドの囲いのカーテンを引かれてしまった。目礼だけは出来たとおもうが、私も移ったばかりなのでそれでもよかった。後で、神経が細かくほとんどカーテンを閉ざしているが気にしないでそっとしてあげていて、と言われた。各階から、次の老人施設への待機階ともなっていた。小柄で品のよい人に見受けられた。

大腿部の支柱は一ヶ月で抜いてもらった。それで、もう一ヶ月すれば下肢の方も外してもらえると、カレンダーをにらんで手術日を予測しながら耐えていた。ところが予測した日が近づいてもドクターは一向に予定日を教えてくれない。しびれを切らして、回診の折たずねてみた。焦らないで、膝の骨がしっかりくっつくまでまだまだ。速くて二ヶ月半はかかるはずとの事。ショックだった。ここでまだまだいなければならない悲しさがこみあげてきた。

最上階の窓辺からは城山がみえた。麓は町並みに隠れていたがなだらかな頂きとそこから空が広く望めた。山を縁取る空は夕焼けのなごりの淡い茜色を、にじませていた。弟は西方浄土へいってしまったのか。その時そう思った。しゃべる気もなくなっていた。いつも夕日に染まる城山を見ていた。カラスたちが城山目指して飛んでゆく。「カラスのねぐらへかえるとて～」と少納言の枕草子の一節がよぎった。それらの情景を映した生の角膜を持った肉眼が確かに在った。千年を超えて在ったと実感できた。みんな亡くなるんだ。自分だって、超えた千年と比すべくもない速さであの夕日の彼方に逝く身ではないか。嘆きすぎてもどうしようもない。

「この部屋気にいりましたか？」。声に正面を見るとドクターが立っておられた。いつもドクターの足音は聞きのがさない。いつも待ち構えているのに気づかなかった。

「ええ窓側にしていただいたので」とだけ応えた。ドクターは口数が少なくても私の言いたいことを理解していらっしゃる事は感じられていた。まるで、囚人の足首に巻きつけられた鎖のように感じられて、何度か速くチタンのクイと膝のワッカを外してくださいと、懇願ではなく迫った。

「ストレスになっているんですね」とおっしゃりながらも、日薬の必要充分条件を見計らってくださったと思っている。自分で立って歩けるようになったと感謝している。

ある日、夕方五時過ぎ、おんなの人があわただしく入って来た。

荷物まとめておいてくれたの。家に寄ってから行く？　よらないでいいよ、じゃ。施設への移動が決まったようだった。娘さんらしい。じゃ急ぐからね。その品の良い人は私のベッドの端に来た。「奥さん。歌番組教えて下さってありがとう」と言った。そのまま娘さんにせかされ去って行った。思いかけなかったので、「あ、はい」としか言えなかった。いつか父母の好きだった歌番組があると見舞客に話していた。〈誰か故郷を想わざる〉や〈純情二重奏〉など。夕食の後珍しく、その番組はいつですかと遠慮がちに尋ねられた。初めてだったので、今夜七時からですよ、と応えた。院内ではイヤホーンを使わなければならない。聴いたかどうか分からなかった。会話はそれっきり。

白い開かずのカーテンの中でどんな思いに耐えていたのかと……。
我慢強い世代の女性たち……。

8　故郷からの脱走

事故から四ヶ月、三回目の手術室入りとなった。ついに西海橋の解体工事が始まる。ドクターは、今度は麻酔はしましょう、と言われた。私の悲鳴はこりごりだったのだ。おかしかったが、実際今回は簡単にはゆかないはずだ。時間もかかった。

そして三週間後退院となった。退院の日ドクターは四本の金属棒を記念だと手渡して下さった。それは四本の箸様なものだったが、それこそ私の脚に立っていたチタン製のあのクイだった。よくみると一方はドリルのように螺旋状になっていて、もう一方は強い工具でネジ切られていた。まさに、生身の脚を鉄工所に預けていた事実にゾッとした。これではスポンと抜けるはずなどなかったのだ。肉片と血が飛び散ったはずだ。

私の体内には、金属は一切無い。「先生、ありがとうございました。これはメガネフレームでもつくる時に役立てますね」と笑った。

基本的なリハだけで、これからは他のリハ専門病院への通院が必要と言われた。その専門病院は隣の市の山側に在った。だれにも送迎はたのめそうになかった。何ヶ月かかるか分からない。富山のクリニックなら家からタクシーで十五分程でゆけるはずだった。

富山に行こう。

夫は一人暮らしは無茶だといった。無茶は承知していた。もはやここにいられる心境ではなかった。とにかく離れたい。退院のお礼と、友人たちに別れの挨拶をした。

夫の車の座席をフラットにし、杖を横たえ、「無茶だ」を連発する夫に運ばれ、《新しい町》へ向かった。

ああ、春たけなわ。松川べりの遊覧船は桜並木の花びら舞い散る中を、ゆっくりこぎながらゆきかっていた。

まもなく、たしかな新緑の季節へと……。長く暗い季節を過ぎ、そして、また春。春はめぐっても、もうその季節の中にいない人々を、遠くに離して桜吹雪。


リハは週三回、朝食を済ませると、車を呼んで通った。朝早く行かなければ正午を過ぎても、戻れなくなる。待ち時間が長くなれば、風邪が移ったりもする。八時にならなければドアが開かないが、私と同じように、時間のロスを避け、外で待つ常連の人々との知り合いも出来、はからずも、様々な事を教えてもらえる機会になっていった。

大概事故の人々より、永年働き、体の痛みがあちこちに出てきた人が多かった。なんとか少しでも元の体に近づきたいと思った。次第にリハビリの大切さが具体化してきた。きっと以前なら右足は真っ直ぐなままだったはず、ドクターが一二〇度曲げられれば、よいのだが、と言っていた角度に近づいてきた。もう院に繋がれているのはいやなので、あとは自助努力で行こうと考えるようになってきた。それは少しでも、最初に移住を考えた目的に沿う為だった。

9　保険屋の嘘

その前にうっとうしいものを片付けてしまう事があったT海上との件だ。私とぶつかったバンの運転者は幼馴染の友人の夫であった。食料品店を営んでいて毎朝市場に出かけたり配達と忙しかった。小さな商店だけど地域の車に乗れない人々には有難いお店であった。警官はすぐやってきた。

配慮など全くなく、くどく、ピンボケの質問を繰り返す。

変な質問しないで、私が意識を失うまえに知っている事みんな話しますからと、じれて、言おうとする。夫はそれを察して制する。くどい警官はさんざん時間を取った挙句、腕時計を見て「五時か」とつぶやくと出て行った。

私は夫に、「なんで、パジャマ引っ張って邪魔した。辛いのに」と言った。

「馬鹿、余計ややこしくこじらせる事になる。わからんか」と。まあ、それもそうだ。

病院にやっちゃんがやってきて、夫は警察に呼ばれていったままで、「ごめんね」を繰り返した。やっちゃんの夫がなんだか気の毒になった。やっちゃんの夫は三日後にしょんぼり現れた。夫は、保険屋には連絡していただけましたか、問うと、まだとの事で連絡を頼んだ。

「すみません。警察に、長引いて、忘れて……」と消え入りそうに頭を下げた。事故は誰にとっても大変な事である。

日常的に多く車を使うのでしっかりした保険に入っていたそうだ。けれど人身事故との事で免許停止一ヶ月の罰則など科された。市場の仕入れや、お年寄りの家に頼まれれば、揚げ一丁でも届ける役は、やっちゃんが代わらなければならない。そして合間に、私の洗濯物を取りに来てくれたり、お茶や天然水など箱ごと運んでくれた。

私の夫は仕事の時以外は登山に行く、マイペースで自立しているのでこんな時はお互い心配は無かった。三Lのパジャマの右側の側面を切り開き、数ヶ所を装具の為履けないので紐で結ぶように改造してくれて、後は病院にいるので安心と仕事と山に戻って行った。

T海上の担当者A氏はとても良い人で、あの人に受け持たれる人は幸運だと言われているとの事。保険屋に縁がなかった。そう言われても何も分からなかった。

「いやあ~奥さん。此の度は大変でしたね」が自己紹介の始まりのフレーズだった。地区の担当者から説明を受け、金沢支社から来たと告げた。私の装具に目をやったので、「見ます？」と言うと、「いや、奥さん。結構です」と両手の平を顔の前で振って見せ後に下がって、「おお、痛い、痛い」と言った。年齢的にはベテランらしいはずだから創外固定も見たことはあるはずではと思った。必要な物はなんでも言ってください。出来る限り対応させて頂きますと言い残して帰ろうとした。

そこで、「こんな事があると、田村さん（やっちゃん）の保険料の月々の掛け金はあがるのですか？」と尋ねた。すると、「そんなことは、奥さんの考える事ではありません」と足早に出て行った。

私は聞きたかったから聞いた。私が考えた事は、他人に考える事ではないと言われるべきではなかった。少しでも私の自助賄いによる負担減の可能性があるかないかを問うた質問だった。彼がだれにとって良い人かわかる時が来るだろうと思った。

寝たきりでダイエットに励む私にとって殊更入用な物などなかった。

約四ヶ月経って退院となった。この病院でのリハビリは術後の限られたメニューだけで、小松市のリハ専門病院に通わなければならないと言われた。往復一時間半はかかる。タクシー代も高い。しかも何ヶ月かかるか分からないと言われた。父母、弟の辛い思い出から離れたかった。

保険の担当者は富山支所の担当者に代えてもらった。しかし一度挨拶にきたが、彼にとって、県外の担当外の人間がいきなり、仕事の負担を増やす為にやって来たと思っても仕方がない、と諦めた。やむなく元のA氏にリハクリニックの手続きなど依頼した。彼は保険証を貸してくれと言い。それで手続きを済ませ、あと細かい要求事項は月毎に富山の方で清算してくださいと金沢に戻っていった。

やはり、買い物も不便なまま一人暮らしは無茶だったかと思ったが、やっちゃんは毎月、クール宅急便で、自分の作った惣菜や、あると便利な食品を送ってくれた。それはどんなに役立ったか！　やっちゃんと一緒にこの災難をがんばっている気がした。

また私も脇腹に痛い発疹が出て、皮膚科へ行くと帯状発疹と言われた。軽く済んだ。やっちゃんの夫はなんでもやっちゃん任せかと思ったけれど、すごく悩んでいたらしく洗濯物にぷつぷつ赤い点々がついていた。問いただすと、ひどい帯状発疹で一人で苦しんでいた。とても真面目でシャイな人だった。「よくしてくれたから、もうわすれてくれていいよ」と言うと、「変な言い方だけど。相手がむっちゃんでよかったわ」と言ってくれた。

後は保険やに連絡しなければならない。電話をすると何か要求されるかと、予防線を張るような不機嫌そうな担当者に、不愉快な思いをさせられるので、「私、何か、不当な要求をしましたか？」と言うと、「私は何か使いすぎだとか、言った事ありますか？」と、すかさず返してきた。

友人たちはしっかり治さないうちは、保険を切ってはだめだよとしきりに言ってくれたけれど、あんな保険やとかかわっていたのではストレスになる。後は自助努力のほうが清清しいと元のA氏に電話した。するとすぐ立派な車でやってきた。

そしてここに明細が書いてあります。よく精査して於いてください。今日はこちらに用事もあったので、いそぎますが明日四時頃にまたきます。ご主人も確か、うちの保険に入いってお られるようなので、金額の上乗せがもう少々あるかと。と、わたしにはわからないことをのたまい、とりあえず、ここと、ここに判を押しておいてください。押すと、じゃあ明日四時にまた来ます、と紙をカバンに仕舞い急いで出ていった。

(後日かなり経て書類を見た感想。見る気がしなかった)

見ると、「なんでも言ってくださいと言ったはずだった。先ず手術代三五〇万円が引かれていた。あの手術は三五〇万円も掛かったのかと思った。手術室に三回も入った、高価なチタン製の装具もあったのだからと思った。

けれど手続きに必要だからと保険証をかりていった。高額医療費は返還される日本には有難い制度があると聞いていた。それはだれに返還されたのだろうか？

翌日四時になったのにこない。電話すると、なにかいかにも自分がこの会社のナンバー一だとでもいいたげな声で、「T海上のAです」と、A自身が直接出てきた。私だと分かるとあれ、と言う観。「今日来られるとおっしゃておられたのではないですか？」と問う。

「いや〜奥さん。私はもう行く必要はなかったので」

「よく精査しておいてください。明日午後四時にまた来ますから」ではないでしょう。保険やAは初めから「明日」来る気など無かったのだと思った。

つまり、精査してから、判をおさなかった私がわるかった。

私などから、手柄を取った気になったとしたら腕の良い保険やとは言えるのだろうか。

母は、判はとても大事なものだから時間をいくらかけても足りないと常日頃言っていた。

銀行の人がこれお借りしてゆきます、と言っても、「だめです。ここで押して印鑑はお貸しできません」と言っていた。母の遺訓は全く生かせなかった。私の甘さであり、母に申し訳ない気がした。

それでも保険屋と縁が切れた。心が軽くなった。

10　大きなブレ

富山移住は大きなブレが生まれていた。

娘が仕事に行くようになれば、下校後、子供たちは私の家にきて、宿題などしながら、母の帰りを待っていればいい、と思っていた。孫たちの通う小学校は私の家の方が近かった。ところが同じ校下でも通学路は異なっていた。私の家に寄る場合は、朝クラス担任の先生に母親から直に電話で了解を取っておかなければ寄れなかった。母親は夫の弁当も作っていた。あわただしい朝の電話かけを嫌った。

通学路上に現れる不審者にはランドセルにぶら下げた防犯ブザーだけでは防ぎきれないらしい。リハビリの回数が減っても車の免許の無くなった祖母は孫たちの送迎にも役立ったなくなった。では、せめて迷惑をかけないように心がけよう。

時々買い物に連れて行ってくれた。杖を付いても歩き回れない。食料品を買うと一人長椅子で待っていなければならなかった。それで、遠慮から電話は間遠になっていった。

11　では、どう生きるか？

誰も役立たないなんて言わない。ただ私自身願った役割が果たせそうになかった。運転免許も無ければ習い事の送迎もできない。また、むすめの負担が増えることになってしまった。家を買い移住してしまった。大げさでなく本気で、ではどう生きるかと考えていた。


近所の人々はゴミの当番を一年免除してくれたり、集積所まで持って行って下さったりとありがたかった。富山の人々は見知らない私に、どうしたのか？　痛かろう、と声をかけてくれました。それはどんなに嬉しかったか。

全国的に知られた公害イタイイタイ病との戦い、リハ待ちの間に知った富山大空襲、中心市街地の九九・五％を壊滅させられ、焦土となったところと、辛うじて死を逃れた人々を全県民挙げて助け合って乗り越えてきた県民性の表れであったのだと知ると、また改めて感激した。

それで、寂しいながらも、生活の楽しいリズムも創ってゆかなければと考えた。故郷の市で英会話の公開講座を開いていた時、地元の人より、県外や市外からも多く来ていた。その人々は新しい町に馴染み新しい友達を作るためにはもってこいだからと言っていた。私も彼らにあやかることにした。

富山の国際交流会に参加した。毎年十一月の初めには大きな国際交流フェステバルを開いていた。各国の人々が自分たちの紹介するブースを開き、簡単なお国自慢の菓子を提供したり、ステージでは、クイズや民族衣装を着た人々のダンスやアトラクションなど、もりあがっていた。その他にもバザーや東日本大震災義援活動も開かれていた。娘と孫たちと一緒に参加した。

オーストラリアからきたケリーと話した。ケリーさんは高校のＡＬＴとして来たばかりの一人暮らしと知った。それで週末に遊びに来ないかとさそった。予定が無いので次の日曜日に来るといった。久々に個食でなく、ランチを作って二人で食べることにした。

約束通り、ケリーさんは、自転車で花の鉢植えを二つ抱えてやってきた。ターメリックライスやフルーツ入りのミルクゼリーなどつくった。彼女はなんでも、おいしいと食べてくれた。背が高く、スノーボードが趣味のアクティブな女性なので、食事の量は私の二倍にした。特にオーストラリア訛りに戸惑うことはなかったけれど、スピードの速さには鍛えられた。ここに来てから、ほとんど話し相手がいなかった。彼女もおしゃべりに飢えていたらしい。聞き役と合いの手入れをしていた。

その後ケリーさんの了解も取って、私の孫や近所の人々も夕食会に誘ったり、大学の留学生サポート会員になった。ホームステイの受け入れなど始めた。

12　畑と共に

水豊かな広々とした富山ではもったいない休耕田を見かけた。近所の人から近くで休耕田を貸してくださる人を紹介してもらった。さあ始めよう。

リハビリを優先しての畑作業で足の裏に土の優しさを感じさせたかった。

花や作物を植える。農薬や化学肥料を使わないでできた作物はみすぼらしくとも感謝して頂く。そんな願いを思い描いた。

膝もよく曲げられない。草とりはどうやってするのか。借りた以上草原にだけはしておけない。かがんで草は刈れない。鍬で根っこごと耕し、熊手様の幅広のフォークで掻き寄せ、取り残したところを逆から根っこを掘りながら、また幅広フォークで往復することを繰り返した。

田んぼの中に二〇軒ほどが建っていた地域だったと、リハ待ちの間に聞いた。今では、二〇〇〇軒もの住宅地となっていた。借りた畑は自宅から近かったが水道は引いてなかった。水は用水から長い柄の柄杓でくみ上げ、バケツやジョウロで運ばなければならなかった。水やりは草刈よりきつかった。雨は嫌なのに、雨が降るとほっとした。

ミニトマト、プリンスメロン、スイカ、ジヤガイモ、さつまいも、きゅうり、なす、ピーマン、オクラ、釣る紫、かぼちゃ、いんげん、ちそ、買った苗、貰った苗、種が残っていたのか、いつのまに生えてきた苗と、とりどりのサンプル畑になった。

カラスは私より、視力も良い。身軽である。熟成度のみわけも速い。とにかく労せず掻っ攫う悪賢い奴である。

畑作業を最初に教えてくれた方は戦争未亡人でした。草を「煩悩鮮やか」、あとからあとから生うる草の喩えでした。そして刈り取った草を土に埋めれば良い堆肥にもなる。それは「煩悩即菩提」と、教えられた。

カラスも生きてゆかなければならない。そこで、共存できるように対策しなければならない。

スイカやメロン畑にはたくさんの杭を立てて、釣り糸を張り巡らせた。それからカラスが電線に止まって、私の様子を見ていても決して見上げないで、知らん顔して、「かあ～」と言えば同じトーンで「かあ～」と言ったりしながら、作業した。スイカやメロンはつつかれなかったけれど、糸を張らなかったナスはつつかれた。私にも実りを与えてくれた天地に感謝した。

13　コマギレ睡眠、倒れる

無茶だと、言われながらも辛い冬を二度過ごし、あとの一度は、ほとんど一人で、過ごした事で、ちょっとした自信になっていた。

プリンスメロンやスイカなど、採れ出し、喜んでいたある日、胸が苦しくなってきた。たまにラフでない服装で同じ姿勢をとっていた時などに、喉の奥から気管支への分かれ目辺りまで、乾いたフキンをきつく絞るように苦しみがきた。ところが収まってくる気配がない。熱中症にならないようにと飲んでいた飲料水が合わなかったのか？　あまり甘くないがスイカやメロンも水分は充分有った。これはいままでとはちがう症状だと思った。クリニックに行こう。急がなければ。タクシーを呼んでも待つ間もない気がした。迷惑はかけられないと思っていた娘に電話した。

救急車を呼びたくなかった。ご近所に恥ずかしい気がした。

娘が来てくれた。クリニックに着いた。降りて数歩歩いた時、よろけながら、受付カウンターにつかまろうとしたが倒れこんだ。看護師さんたちに支えられ診察室のベッドに寝かされた。脈拍二〇〇、血圧計れません。

内科の先生が救急救命センターの医師にコンタクトを取って下さった。救急車でセンターに運ばれた。症状は連絡してあったので対応はスムーズにいった。肝臓の数値がはねあがっている、とか聞こえていた。それでも処置の甲斐あって、落ち着いたので入院しないで戻れた。クリニックの内科で五日間点滴を受けた。一ヶ月後に県立病院で受診することになった。その検査はクリアできた。

この事は連携のおかげだった。すごい反省材料になった。

不覚にも倒れたのは運動量に伴わない必要以上の糖分を取っていたのだと考えた。点滴まがいのスポーツドリンクなど不要だった。油断と、いい加減なカロリー判断があった。

健康の自己管理は自己満足になりかねないなあ～

14　あれ、足先が動いている！

事故から二年半経っていた。体重は退院までに約一〇kg減らし、増やさないように、塩分控え、夕食は眠る三時間前までに済ませ、以降はなにも食べない。間食はしない。バランスよい食事を守ってきた、つもりだった。畑は疲れたなら、無理をしないでさっさと戻った。リハもキチンと行っていた。ただ、入院中、痛みで一時間半毎に目が覚めた。その癖といおうか習慣が続いていた。入院中睡眠導入剤を断っていたので痛みが緩和された、今更薬などに依存したくなかった。体重のリバウンドもなかった。夜中に目覚める回数も減ることだろうと考えていた。

ところが、夜中に肌寒さを感じて目が覚めた。羽根布団がずり下がっていた。寝相は悪くないのに（右側を下に寝る癖は肩の骨折からできなくなっていた）。何度引き上げてもずり下がる。ふと気づくと、右足の指が上下に動いている。それが軽い羽毛布団を掻く為ずり下げていた。自分で動かしてはいなかった。それから日中でも足先が横向きになったり内向きになったり動き出した。ダメージを受けた組織が回復してきている、喜ばしい事だと解釈して、通常のリハビリを続けていた。

ところが、ひどくなる一方だった。クリニックの先生に相談した。先生は整形的には順調にきていて問題は無い。気になるならと、友人の医師に紹介状を書いてくださった。渡された封書には担当医の名前が書かれていたが科は分からなかった。とにかく出かけた。そこは神経内科であった。紹介状に目を通した快活な青年医師は、私の足先が踵を支点に四五度外側に廻る様子をビデオに納めた後、コメントしないで、明るく笑って、「気にしられんな」とまた明るく笑った。私は「そうします」と同意して去った。

入院中の不自然な状態から解け痛みもやわらいだのだから、元にもどろうと自然治癒力が働き始めたに違いないと判断した。そこで何か質問するなり、自分勝手な判断の在りようを尋ねてもよかったかもしれなかったが、なにしろ患者の多さと予約時間を二時間すぎての診察だった。後に続く人々の時間を取るのもはばかられた。

足の動きはますますひどくなってきた。眠ろうとすると、関心はどうしても足にゆく。しかも病院並みに早めの夕食では満腹感の眠気も無いとくれば、睡眠不足の長い夜は辛かった。眠ろう。眠りたい。と思えば思うほど、かえって眠れなくなった。

そんな時、過ぎ去ったどうしようもない事が思い出された。

母は化粧をしなかった。明色アストリンゼンと言う化粧水をつけるだけだった。それでも肌のきれいな人だといわれていた。母が亡くなった時、葬儀社のおかみさんが、「美しい人や」と言ったのは覚えている。ところが、その人が湯灌の後死に化粧を母の顔に始めたのを、私は止めないでぼんやりながめていた。口紅をつけるのも同じようにぼんやり眺めていた。最期の最期に母の顔を汚すのを止めるどころか、ただながめていた。きれい好きな母は決して望まない事だった。棺に花々を入れる時に初めて、そこに母でない異様な唇の女性が私を叱っていた。いや、母は厳しい人だったが結局なんでも許してくれた。しかし私は自分が許せなかった。

15　病院巡り

内科的にも整形外科的にも問題はない。そして、先生は私に神経内科を紹介したことの意味は何だろうか？　お目出たくも組織の回復の兆候と喜んだけれど、足が勝手に動く、つまり不随意運動ではないか？　心臓でもあるまいに、勝手に動いてはいけない人間の部位ではないか？　と考え直した。が、診察室前の大勢の患者達を思い出すと、とてもまた予約を取って、出かける気になれなかった。二時間も三時間も待っていたのでは、かえって神経が病んでしまいそうに思えた。

この症状の訳は知らなければならない。そこで、市内の神経内科専門医院を電話帳で調べた。午前中のみで、予約なしで行っても良いとの事。翌日、診察一時間前の開院時間に出かけた。すでに二〇人程いた。

診察が始まった。一人、一〇分か一五分で、案外スムーズにながれていて院内処方なので、楽だと思った。中には青年と母親らしき女性が入って長引く事もあり、また、かすかながら、いきなり、泣きながら話している女性の声が聞こえたりした。

私の番になった。「先生はじめまして」と言うと、穏やかな声で、「はいどうぞ、こちらにおかけください」と、感じのよい先生だろうと感心した。さあ何でも聞いてあげますよとの包容力を感じた。事故からの経緯と細切れ睡眠そして足が動く事を手短に告げた。先生はベッドで脚の状態を診て、「一週間分の薬を出しますので様子をみせに来週またきてください」とおっしゃつた。

様々な人々と前の患者さんの後を感じさせ無い対応は、どんなに大変なことだろうかと想い、半日の診察の意味が分る気がした。貰った薬は、二種類で、睡眠導入剤と意欲を持ってやる気を起こす薬と書いてあった。つまり私は鬱病と診断された。先生は気にいったけれど、私は自分が鬱病と診断された事には全く納得ゆかなかった。いや、こんな鬱病もあるのかと考え込んでしまった。もともと、喜怒哀楽の感情表現が大で、忙しく動き馬みたいに大股で駆け回っていた。歩く事もままならなくなり一人暮らしとなれば、鬱症といわれても、欝病にはなりえないと思っていた私が、れっきとした鬱病となっていたのか？　先生は客観的に診てそう診断されたのだ。薬も何んの変化も変化の兆しもなく足の動きはより強くなった。先生は気に入っていた。患者さんたちも他の科の人々よりナィーヴな人が多いと感じていたが菓子箱を届け通院はやめた。

次に、宗教法人が開設している病院に行った。病院もかくあるべきと感じられる明るさと辛抱強い笑顔の応対。紹介状を持たないで、何科を受診したらよいか？　事前の問診に答えて、何科に振り分けられるか興味があった。

ところがやはり神経内科であった。青年医師は私に顔の前で手をぶらぶらさせたり、人指し指で自分の鼻の頭に触れたりした。その挙句てんかんの薬を処方された。てんかんの持病はないと言うと、脚の発作や痙攣を止める為に効く可能性があるとのこと。発作なら止まっている時もある。私の場合、眠れている時だけは止まっているらしいが、てんかんの場合は、普通、止まっていて、ある日ある時突然症状が出るのでは、根本が異なるのではないか？　また私の動きは、痙攣とは思えなかった。

けれど、まるで自身人体実験をしているように、飲んでみた。すると今まで見たことも無い夢をみたりした。足の状況には変化は無かった。それで脳と言う神聖な生命発生以来の生成発達の未知の領域に変な薬物を投入するのは控えたい。止める、と告げると、その青年医師は、「ではは全治ということでいいですね」と言った。「すみません。ありがとう」と、そこを去った。

そうだ。脳の検査をしてもらおう。事故直後の検査では異常はないといわれたが、右側頭部が切れ出血がひどかったと聞いた。傷跡ものこっていないが、内部になんらかの異常があるのでは？　評判のよい脳神経外科を訪ねた。働き盛りのその医師はたくさんの画像を見詰めながら、どの角度から見ても異常はありませんとおっしゃった。ほっとすると同じ位がっかりした。病名も無い。治療も出来ない。


「新しい町」でまた働くつもりだったのに、それどころでなくなってきた。毎月赤字でお金を引き出して、使わない月はない。友人に電話で話す（電話が一番の楽しみだ）。

「呑気なことといっているけれど、貯金が無くなった時、寿命が尽きるとは限っていないんよ。命があるのに蓄えがなくなったらどうするの？」と言われて、あ、そうかと思った。私は物事をよく考える方だと自認しているくせに重い雲の下にも、ぽっかり青空がみえるように、間抜けな楽観がどこかにある。

確かに、お金は春の雪のように溶け、ストレスは真夜中の雪のように、しんしんと心身に溜まる。

16　新たな試練

縁から降りようとした時、足が浮き上がってバランスがくずれそうになった。膝をかばおうとしたためへんにバランスが崩れて、物置の取っ手に顔をぶっつけてしまった。顔よりでかい目を打ってしまった。膝も足首も無事だったが、目がひどく痛い。ベッドに寝て保冷剤をガーゼハンカチでくるんで目を冷やした。打った目はどうなっているのかと鏡で見たが、おかしい。左目をかくしてみたら、なにも見えないきがした。ただ事でない気になった。眼科はどこがいいか分からなかったので日赤へ行った。何か災害があると郵便局から日赤に振り込んでいた。どこの県でもあるから分かりやすかった。

予約なしで行ったのだから、待たされるのはしかたなかったが、大震災から四年経っていたが東日本にシフトしているので先生は一人だけです、と言われた。そして、診てくれた医師は緊急手術すればいいのだけれど、視力が回復するかどうか……、と全くやる気がない気がした。

それで、先生お忙しいなら、私の近くに良い眼科医院を逆に紹介してくださいませんか、と申し出た。白目の部分も出血がにじんできていた。紹介してもらった女医先生は若くて熱心な方だった。が目薬を色々出して、様子をみましょう、となった。

随分長く痛みと充血はおさまらなかった。そして右目は失明した。左目は大事だからと検査してもらった。緑内障の疑いがあります。それには驚いた。両方とも失明しては大変だとあわてた。

視力にハンディが出てから、物を見る時、人は眼だけ使っているのではないと気づかされた。耳で鼻で指先で、あらゆる器官がフル回転し、想像力もフル回転して見せてくれていると実感した。神様！

アナログ人間が先端機器や装具の世話になることにした。そして駅前で市が開いてくれていたロービジョンの勉強会で機器の使い方など勉強する事にした。主催者は全盲のH先生で、先生に連れ添う奥様と共に協力するスタッフの方々すべてボランテアで受け入れていました。

頼りにしていた方の眼が失明し、強度近視で網膜剥離しそうな真ん中をレーザーでやいていた。視力の矯正はほとんどできなくなってしまった。色彩はわかっても看板はヤマヤと仏壇くらいしか読めなかった。ヤマヤと仏壇と言うと可笑しかったので私もわらってしまった。

ほとんど盲人なのに足の勝手な動きに対応するには軽い白杖では体を支えられない。二本杖を持ち歩く必要があった。

平らで慣れた廊下などは、浮き上がる右脚に合わすため、急いで左足を添えなければならなくて、外目には速足で歩ける人とおもわれ、眼もなんでも見えそうなのにね、と言われることに、困惑しばしば、障害の状態は人とりどり。

パソコンは音声対応のソフトをいれてもらった。月一回ではまにあわないので県の支援組織から先生を派遣してもらえた。市も県も有難かった。

時間を決めて家から五分のバス停に先生を迎えに行った。若い全盲の先生は、軽く私の肩に手を置くと白い杖を持っているとはいえ、足取り軽く歩き出した。そして前後からの車は音で車種を判断出来た。私より速く路肩に寄るように指示できた。

先生は、私のパソコンははじめてのはずなのに、先生からは横向きなのに、鮮やかな指さばきで様々な誤作動を治してくれたり、操作方法を指示できた。回を重ねるたびに、どれだけの研鑽を積んだのだろうかと頭が下がった。アスリートばかりでなく血のにじむような努力があったに違いなかった。その後のバス停への送迎で最近はハイブリッド車がふえたので、音が静かな分、近くに来るまで気づかなくて怖い事があると言っていた。変化、進化し続ける時代これでいい、とはならない。私ももっと頑張らなければもったいない。

17　娘からの提案　K大病院にて

そんな時娘から、東京の大病院でじっくり診てもらったら、と言ってきた。娘からも言われたらしく夫に付き添われて、東京通いをすることになった。まだ、階段や乗り換えが大変なので車で出かけた。K大学病院は内科だけで、一八診もあった。神経内科はその内五診。一診に付き、教授初め、三人の若い医師がいた。それら三名が教授の指示に対応して役割分担しながらパソコンに向かっていた。先端の医療機器もあるだろう。トータルに診てもらって、この変な足の動きを止めてもらいたいと期待した。

診察は問診の後、いままで、あちこちの医院などで、指示されてした事、自分の人差し指を左右交互に自分の鼻の頭に付けるとか、診察室の床に引かれた白線の上を歩いてみるなど、一通りし終えた。教授は弟子たちに診断所見を伝え、投薬と次回の予約を取ってくれる為に予約状況を調べさせた。一ヶ月後の日時が決まった。その間約六分だった。診察時間は午前九時半から前日に来て近くのホテルに一泊した。次回の為に採血し、支払い、薬を受け取り、昼食を済ませ、再び高速で富山に戻った。

薬の説明を読めば鬱病の薬だとわかった。今回はそれでも次回まで飲んでみた。しかし一向に足は止まる気配すらない。足先が直角に左右に動いていたのは初めの頃だけ。動きは少しずつ変化しながら脚、膝から下の内部で細い筋か、神経か、が動きを増していた。瞬間的にめまぐるしく電光掲示板の速さで動いていた。

その後、検査の予約がとれた脳波と同時並行に心電図を撮った。また筋電図、アイソトープ検査など受けた。どれも異常はみられなかった。心電図だけに軽い不整脈があることが分かった。いままで一分未満の簡単な検査だった。四〇分かけて測ってわかった。《様々な検査は一回の受診時での検査でおこなわれたのではない》

教授は例の鬱病の薬を飲むかどうか、尋ねられた。私はそれを飲んでも変化はないので、と答えた。「このまま、次の予約はどうしますか？　ここで取らないと切れてしまいますが、」。それを私は教授の親切と解した。切れてしまうのは少々心細かった。「一応、半年後に入れておきましょう。それでよければ」と。私は礼を言って同意した。

半年後か。娘からのオファーから東京通いに二年を要していた。次回までに治りたい。自助努力で治すのだ、と戻った。

それなのに、右脚の内部では、アフリカの河を渡るヌーの大軍のようなすざまじさで動いていた。

どうしようもなく半年後の予約に出かけていった。

状況がひどくなってと言うと、教授は、「先の診察で一応終わったといいましたね。もう今日はこれで。もう、こなくていいですよ」と優しくおっしゃった。K大で支払ったのは七〇円だった。七〇円支払う為に、新しく開通した新幹線に乗ってやってきた。なぜかお可笑しさがこみあげてきた。何これ？　付き添ってきてくれた友に見せてまた笑ってしまった。笑いながら、今まで、ここの待合室で出会った人々の姿がよぎった。

いつも、診察の前に血圧を測ることになっていた。ある時、血圧を測ろうとして歩いてきた男の人、その人は、ひどく両膝が外側を向いていて、とても歩きにくそうだった。やっと血圧計の前の椅子に腰かけようとしたが、かけ損ねて、椅子ごと後ろに倒れてしまった。まだ働き盛りのその人は付き添いもなく、どれだけ苦労してここまでたどり着いたのだろうか？　看護師さんが急いで、車椅子をもってきた。その後どうなったかわからなかったが、あの様子では仕事にもさしつかえるだろうと気になった。

何のことはない。私は医者に見離されたのだ。最も、ずっと医師の指示に従っていたのではないのでその教授を悪く思わなかった。

ヌーの河渡りなどと言っても、外から観れば、だれも気づかない。仮病と思われても仕方がない。それとも、いつも、今日は最もひどかったと思うが、翌日はもっとひどくなっているので、あの男の人は、やがて私自身ではないかと思ったりした。

　また、診察室の戸が開けられると急いで看護師さんに駆け寄った男の人がいた。紙に書かれた物を数枚わたそうとしていた。看護師さんは受け取れないと言っていた。男の人は諦めて待合用の長椅子に戻った。ほぼ予約時間は守られているとはいえ、先生に直に話せる時間は四から六分。きっと、それでは足りないと前もって自分の症状を書いて来たのではないかと思われた。彼は一見ごく普通の四〇代の社会人に見受けられた。自分のように悲しくなった。

　そしてもう一人、筋電図検査室前の長椅子で待っていた時、話しかけてくれた人。彼女も脚が勝手に動くと言っていた。理知的でエレガントな人だった。私に付き添いがいることに気付いて、「いいですね。私は仕事がおもしろくて、ついつい婚期も過ごしてしまって、一人なんですよ」と語ってくれた。

　二人だって良い事ばかりではないですよ。なんて、言い出しそうになって、「私、足を締め付けたくないので今日もほら、軍足の上のゴム入りの部分、踵の上辺りからバッサリ切って履いているんですよ」とデニムの裾をめくって見せた。「私も家ではいつも使っていますよ」と思いがけない返事が返ってきた。「ハサミで切っても切り口からほつれてしまうことなく、純綿で履き易く、衛生的でいいですね」などと話した。「その口ゴムの部分はどうしているの」と聞かれた。捨てていると言うと、「それは、いい活用法があるんですよ」と言った時、彼女は名前を呼ばれて立ち上がった。「後でね」と検査室に消えた。

どんな活用方法があるのか興味があったが、もう一方から私は呼ばれた。初めて似た症状の人に遇えたのではと、もっといろいろ話したかった。検査が終わった後、彼女とは二度と逢う機会は無かった。時々それらの人々を思い出す。

それにしても、どうして病んでいる人々がこんなに多いのかと考えさせられている。

18　国立大学病院にて

「国立大学病院なんか、患者は研究材料にされるのが落ちだ」といわれながら、弟はそのとおりになってしまったのではと、弟の闘病環境が省みられた。

六人部屋で弟に付き添っていた時、看護師さんに、「茶を飲ませてくれ。尿瓶をあてがってくれ。脚をもんでくれ。腹をさすってくれ」と、ブザーどころか大声で呼び続けるじいさんがいた。

看護師さんは、さすがに一〇分おきにお呼びになっても、と諭すように声をかけた。私は「五分おきですよ」と反論した。「この方は来るところをまちがえられたのではないですか。みなさん辛いのに静かに耐えておられますのに」と言ってしまった。看護師さんは私に目顔で頷いた。上体も起こせ、ブザーも自分で押せる患者なのに、であった。咳込み痰がでたにもかかわらず、身動き出来ない患者さんの代わりにブザーを押して看護師さんを呼んだこともあった。付き添いの人はいないのかと気になった。なぜ、あんなじいさんを同室に入れているのか腹立たしくなった。このように重病人への配慮の欠けたところとわかっていたなら、と歯がゆく思った。

転院を勧めたが、弟は家族の近くでとの思いを変えなかった。しかし患者への対応は不充分だった。付き添いのいない患者は看護し易い対応しかされなかった。

弟から目を離せなくなってギリギリまでベッドサイドにいた。圭子さんとエレベータを待っていると、「ううあ〜」と弟の叫びが聞こえた。それは、弟が点滴用の管を手で払って外すのを防ぐミトンをはめられた事を知った瞬間だった。それは限られた自由を奪う事だった。

その叫びを背に、開いたエレベータにのりこまなければならない苦痛に無言になった。弟は私たちの苦痛に勝る長い夜を耐えなければならないのだ。眉の上がかゆくなるのか時々掻いていた。ミトンでは掻けなかった。

19　ストレスに強いとはどんな人？

やる気とやる気がなくなる間隔も落差もひどくなっていた。それもみな脚の動きのせいに思えた。けれど自己判断で自然治癒力の働きの為だと解釈していた。あくまで自分の解釈でしかなかった。日々の変化のプロセスなど分かるはずもなかった。一体いつになったら動きが止まって、穏やかに何事も集中できる日がくるのだろうか？

ストレスには強い、気持ちの切り換えもうまい。けれど、自分の思い込みで医者に対して素直になれなかった。ストレスの解消、気持ちの切り替え、それも自分自身で解決したと言うより友人たちの協力があってできていた。

ところが、出来ない事ばかりに遭遇してきた。当時は無我夢中で動くしかなかった。父母の事、弟の事、すべて私にとって、なんの手の打ちようも無く、ただただ、苦悩に付き合い無力さをかみしめる日々だった。

時間が経てば肉体の傷は癒えても、心に負った傷は傷とも感じないまま、ある日突然、ふとした時に鮮烈に蘇り、昼は紛れても、夜の闇に瞬き忘れさせては浮かぶ。確かに、その過ぎた五年間に、捕まったままでいた。絶え間なく過去の出来事の細かい一こま一こまの捕囚になり果てて自分を責めていた。

取り返しの出来ない時間の行動の修正や変更を願う愚かしさから抜け出せないでいた。新しい土地に身を置いても時代変化への誤算で、それも私の独りよがりのバルーンでしかなかった。うつ病とは、心身が一体でない時に起こる心身の合体と心の居場所を求めても叶わ無い時起こる病なら、私は正しくうつ病であった。

20　さまよう心を呼び戻すには？　What shall I do for me？

日本人は宗教にはいい加減で八百万の神々、神社、仏閣、どこでも参拝する。柏手打ったり、打たなかったり。観光名所になっている大本山の見どころはとても素晴らしい。そんなところはまさしく私も日本人であった。そのうえ新約聖書もよく読んだ。

こう度々辛い目に遭うと流石に堪え、おお神様！　と独り闇につぶやき、クリスチャンで無いくせに、「神は背負いきれない重荷は負わせない」との聖書の一節を繰り返していた。とにもかくにも、このままでは漂流者になってしまいそうだった。それならいっそ、ハッピコート型の大きな浮袋を着込んで、海に浮かび潮流に任せ流れ流れてどこかの浜辺に打ち上げられてからのスタートを切れたらいいのに、なんて思ってみたが、ヤシの実でもないこの生身の物体が重かった。

背負いなおして背負い投げするしかない。心身の快癒の為に。

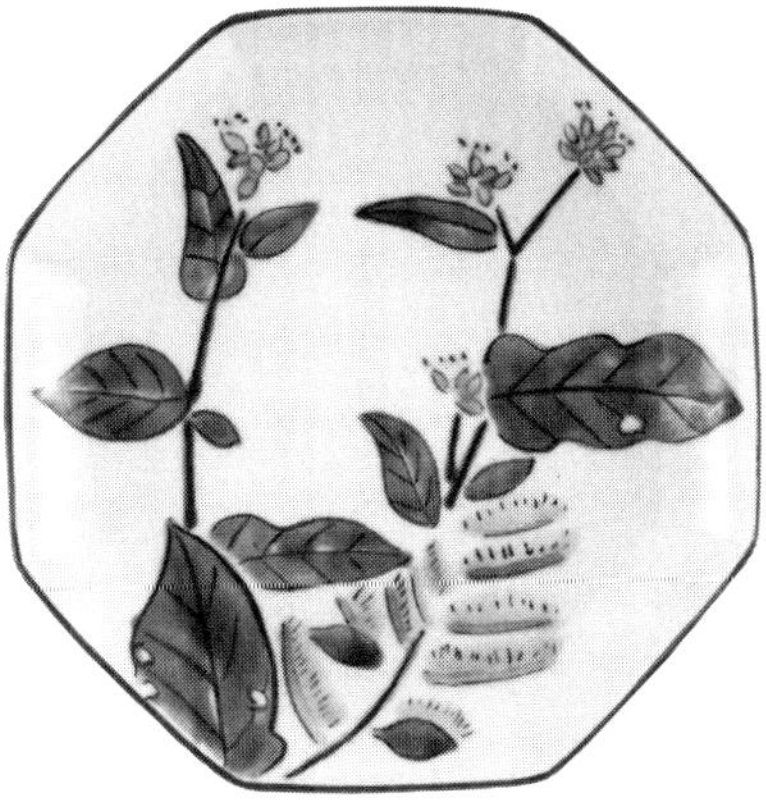

九谷色絵溝蕎麦八角皿（紘）18.4 × 3.0cm

第二章　嵐の日々

その1　引っぱったり、壊したりの新築入居

弟が結婚して孫たちも生まれ、子供好きな父は三人の孫たちを、両膝と背に負ぶい、満面の笑みを振りこぼしていた。その姿こそは父の幸せそのものとして、今もはっきり浮かぶ。その孫たちが成長するにつれ、子供たちの勉強部屋を夫々にと、家を新しく建てたいと義妹が言い出した。結婚が決まった時、母屋は改装していた。広い離れもあった。

お嫁さんからは今時の家ではなかったのだろう、それに、ガレージを家の前に広くとりたいらしい。実家であっても、挨拶して入ってくるように言われていた。こちらの事は口出しすることもないからとも言われていた。

離れは父が定年になってから庭つくりに興味を持ち、曽祖父の造った庭を離れの縁先まで広げた。大きな石で築山もより大きく造ったりして、楽しんでいた。家の前に広いガレージをつくるとなると、今の母屋はこわさなければならない。敷地は奥行きがあるので、離れと庭を壊して、母屋を後ろに引いてゆく方法もあると聞かされた。

母は、いろいろ思い出のつまった母屋を壊すより、その方を希望した。せっかく父が造った

庭や気に入っている離れを壊すことは、どんなに父にとって悲しいだろうかと心配になった。私は口出ししないことになっていたので、黙っていた。だれも決心がつきかねているのか、数ヶ月経っても、話しも動きも無いので勿論黙っていた。

実家には、お盆とお正月や春と秋祭りにゆけばよかった。秋祭りで呼ばれた。その時、「引き方さんに、どうするのかと言われた」と、母が言い出した。「引くだけで、五〇〇万かかる、十五年しかたっていない離れを壊すにも二〇〇万と、庭、庭木の撤去は知り合いの庭師さんだから、活かせるものは無料でと言ってもらってあるからよいけれど、えらい大事だ」と、母も流石に困りきっていた。

実家は何代も続いていたが、資産家でも金持ちでもなかった。三人姉妹の末っ子の母が家の跡を取り、姉たちの夫たちの事業の保証人にさせられ散々な目に会いながら、父と二人で、働きに働いて、質素、倹約、私たちの教育費だけは惜しまないで、精一杯頑張ってきてくれた。私は両親に見習って、郊外の団地で家を建てるとき両親に頼らないで最初は小さい実用的な家にした。後で建て増しをしながら、地味に暮らしてきた。

引っ張ったり、動かしたり、壊したりしないで建てられたらいいのにと思った。生活に不便でない家を建てれば一番よい方法があるのではと、とうとう言った。両親は孫のために町に近い郊外に宅地を買ってあった。女の子は他家へゆく。長男はここを継、末っ子の為の宅地にと両親は買ってあった。定年後父は菜園として活かしていた。時には末っ子と母を連れて、そこで敷物を敷き末っ子を遊ばせ、三人でお茶やおにぎりなど食べながら過ごしていると聞いていた。

あの宅地に思いどおりの家を建てたらいいのではと提案してみた。姪や甥っ子たちの通学校も変わらない。義妹には、「どうか両親が生きている間、ここで人生を全うさせてやってくれませんか？　その後ここをどうされようと何もいいませんから」と頼んでみた。彼女は何も言わなかった。

それからしばらくして、家族全員で引っ越すことになったと電話があった。建設会社の持ち家に新築の期間仮住まいするとの事。母と義妹両方共、現在の所で暮らすことを選択した。母は母屋を壊すことを承知しなかった。それは一五年しか経っていなかった離れと庭を壊し、更地にして母屋と同じ基礎を造りその上に引いて行き建て直す事であった。更地になった母屋の跡に、広いガレージと新しい家を建てる。そのための引越しであった。家族七人の引越しは、近いが大事だった。業者に頼んだが、小さなものは私と父が、昼空いた時間に運んでいた。

その日、父と私が母屋の縁に立つと、引き方が父の離れに縄を架け終えたところだった。かけ声とともに離れは崩れ落ちた。先ず離れから壊さないと、段取りはつかなかった。この事はわかっていた。
目の当たりには、してもらいたくなかった。「無残なもんだな」父はぽつりと言った。離れを建てた時、私は父に、違い棚に飾る博多人形を贈った。ケース毎壊れてしまったのだろうか。その後再び目にすることはなかった。

新しい家はダイニングキッチンに続く、居間、その後ろに壁で仕切って仏間と両親の居間、廻り廊下の突き当たりが浴室、洗面、洗濯室、その横にトイレが男女別にあって、その横が坪庭になっていた。階上は、弟夫婦の部屋と三人の子供部屋とトイレで便利で今時の家になっていた。圭子さんは嬉しそうに家の中を案内して回った。両親も結局郊外の団地で、家を建てたなら子供たちと離れて暮らすことになる。それをよしとしなかった。

わざわざ後ろに移築した母屋は、離れとの間にダイニングと台所トイレがあったが、敷地の関係もあって、その部分は離れと共に壊された。それで、二世代住宅となってまた七人家族で暮らせるようになった。

圭子さんは、「お姉さん。お父さんの好きな物って何かありますか？」と尋ねた。何で今頃と思った。が、「じいちゃんは甘党だから甘いココアなど子供たちと飲んだら喜ぶよ。今度持ってくるね」と応えた。

家が新築された事で役割がすっかり変わってしまった。オール電化になった。それは両親が今より老いた時も安心して留守を頼める為だと言った。けれど　室温設定など父母には馴染めなかった。それなら何もしなくてよいとなってしまった。

母は手間隙かけてニシンの昆布巻きを作っていた。新しい家にニシンの臭いが移るといけない、と弟に言われたからもう作れないと言った。


駅前の教室に出る前に寄ると、父と母は居間で手持ち無沙汰にしていた。ダイニングには二人の食事がラップをかけていつも用意されていた。母は上げ膳据え膳だと笑った。食事は済んだというので、何か暖かいものを作ろうと思った。そうだ、ココアが残っていたら飲ませたかった。まだあるかな。コーヒーカップの近くにすぐ見つかった。私が入れたきりだった。湯沸しはあったが元栓がしまっていた。電気ポットがカウンターの上にあった。コードが見つからなかった。「いい、いい、お腹いっぱいだから何んにもいらないよ」と二人は笑った。もうすぐ小学校から末っ子が戻ってくる。孫の「ただいま」その声の為の新築だった。

「おかえり。今日学校どうだった。宿題済んだら、じいちゃんとおやつ買いにゆこうな」、そんな嬉しげな声を背に、私は出てゆく。

郊外の宅地用の土地はまだ菜園として使っていると言った。

建設中借りていた家で母は咳をし始めた。新築の家に戻ってもひどくなるばかりだった。一ヶ月以上続いていた。かかりつけの医者は大丈夫と言った。

あまりの激しさに子供たちに移されてはと結核検診を受けてもらいたいと圭子さんは私にも相談した。

きれい好きの母にとって、掃除の行き届いていなかった仮住まいは産まれて初めてハウスダストに見舞われたのだと思っていた。やがてその強烈咳は収まった。

その後秋口になって寄ると、窓や縁のを開けたりすかせたりしていた。昼近くなると、「目がチカチカして、のども痛くなるから、空気の入れ替えをしている」と言っていた。換気扇を使えばと言った。あれは音がするだけで、本当に入れ替えできたか分からないと沢山着込んだままだった。

その頃塗料のホルムアルデヒドに発がん物質がある、と騒がしかった。弟たちは大丈夫だと言った。空調に気をつけると言ってくれた。やれやれ。

その2　柿の実は甘いか？　渋いか？

アルデヒド騒ぎが収まった頃、大変な問題が振って沸いた。隣家から訴状が送られてきたのだ。みな一様に面食らった。何事を行うにしても、「向かい三軒両隣り」と言って仲良くしてゆく為の不文律があった。

新築には準備段階から大変なので勿論、挨拶に行き、工事関係の人々にも配慮のお願いもしていた。

それに、猫も通り抜けられない程接していたので、母屋を引くに際して空くので、隣家からそれを機会に側面を張り替えたいとの申し出があった。両親も弟夫婦も、「どうぞ、どうぞ」と快く承知した。「おかげで、いいのになりました」と隣家の奥さんもにこにこしていたと聞いた。その隣家からの訴状なのだ。

電話で呼ばれて出かけると、「合点がいかん」と両親は顔を突き合わせて、「合点がいかん」を繰り返す。「合点がいかんのはわかったけれど一体何を言ってきたの」と問う。

訴状に拠れば、その隣家と接する猫も通れなかった実家の敷地は、もともと我が家の敷地であったので、新築後は人ひとり通れるくらい空けて建てた。その細い通路は我が家のものだから登記したい。早急な返還を求めるとの事だった。これじゃ私も唖然とした。

このままにしておけば隣家の言い分を認めたことになる。受けて裁判をはじめなければならなかった。弟夫婦は弁護士など知らない。仕事で忙しいので頼む、であった。私だって同じだった。弁護士さんに知り合いはなかった。

こんな時は市議会議員に頼んでみるのかね、と父母は言ったけれど、なにしろ市議会議員選挙となると、一票に九人ばかりが「お願いします」と来る縁故地縁アピール型の原始的な選挙戦で、頼み事などすれば後援会員にされる。

友人に相談した。弁護士会もいろいろらしい。費用がやたらとかかるところもあるといった。アドヴァイスと紹介を得られた。約束の日になった。両親と共に弁護士さんに会いにでかけた。

子供の頃祖母が作ったおはぎを隣に持って行った。隣のおばあちゃんはにこにこ顔で重箱の中にお引きをいれてくれた。祖母はお引きを私にくれながら、「あの人も気の毒なお人や働き者の二人の息子は戦死し残った息子は困り者でとこぼしている」と言っていた。

それをふと思い出していた。それが、どんな困り事を老いた母に与えたのかは、当時、知るはずもなく知ろうとも思わなかった。

困ったこと？　私たちにとって、そう言えば困ったことがあった。現在は道路で遊ぶなんて事はほとんどない。当時はまだ途は舗装されていなかった。子供たちはそこでドッチボールや石蹴り縄跳び陣取り合戦などをしていた。

遊びがたけなわになる頃隣のおっちゃんは突然現れ、「こら、がきども、うるさい」と怒鳴りにきた。みんなーと逃げる。わたしも、家に飛び込む。それでもまたみんなであそんでしまう。あるときは黙って現れ、ボールを持っていってしまう。「おまえら、ボールがほしければ、親に謝りに来いと言え」。そう言われたと母につげると、母は隣なので、他の離れた家の親にたのみにゆくのも厄介なのか自分で出かけ、謝ってボールをもらってきてくれた。「隣のアンちゃん、みんな良く言わないけれどあの人の言い分にも一理はある」と母はよく言っていた。この事を知ったらでたらめ告訴など止めないかと思った。

でも結婚して離れている間に、様々なことが有って、そんなに甘い事ではないと分かってきた。隣のおじさんは六法全書とメジャーなどをもって近所の敷地や境界を測っていた。子供たちがいなくなってから、対象は大人に代わっていた。

舗装されたとはいえ、道幅は旧町並みのままで車はすれ違えない。一方通行が多かった。そこへ工事の都合で家の戸口に、反対車線でも車を、ちょっとの間だと、止めようとしようなら、即警察に通報された。車の行き来が多くないので大目に見られ、通常方向から車が現れたなら、紡績工場の駐車所で方向転換して頭を下げていた。警察がすぐ駆けつけなければ、署長に交通課は職務怠慢だと直訴した。パトカーはすぐ駆けつけ、「そこの車、ナンバーＸＸ、車の移動をするように」とマイクで呼びかける。近所で日中家にいる人々は何事かと、玄関に最初は驚いて飛び出した。設備やのおっちゃんなどは、パトカーの横に立ってうなずいている隣のおっちゃんに向かって、「われには子供がおらんのか」と怒ったそうだ。

パトカーが来てもだれも玄関に出なくなった。出かけようとしていた人は戸を閉めて家の中に引っ込んだ。

次は、隣町の医院の医療廃棄物を燃やす排気口のエントツの高さが規格より低いと訴えた。院長先生は言う通りに和解金数十万円支払った、と同級生から教えてもらった。

実家の家族が借家暮らしをしている間に、実家の敷地を測って、市役所に行き、実家の登記簿と照合させた。（他人がそんな事勝手に出来るのか？）とにかく、「あっ、また来た」と役所で評判になっていたそうだ。そしてかわいそうに、今度の標的は私の実家だと囁かれていたそうだ。登記簿と実測と比べると実測の方が多かった。そこで自分の家の通路があったはずだと訴えたとの事。

戦前からずうっと住んでいて、戦後一〇年以上経って、近隣の村や町と合併し市制が引かれた、そんな時、徐々に道路は舗装され、それとともに側溝も整備されてきた。実家の裏は竹やぶになっていた。地面は下がって側溝のない時は湿地だった。側溝が出来たとき竹薮を少し残して切り払い、湿った部分の土地に山の赤土を、大八車で商っている人から一車いくらで運びいれ均した。この事は私も覚えていた。なぜなら家の両側は隣家と接しているので裏庭まで運ぶために玄関戸を外し、茶の間の戸縁の戸も外し、ゴザを上がりかまちから縁まで敷き詰めた。土屋のおっちゃんと息子さんは木箱に入れた土を背負って何回も行き来していたからでした。だから、昔の台帳より多くなっている事もありうるとは考えられた。しかしこのことは全市にかかわることで、今現在全市の調査と台帳の書き換えには、まだまだ時間も費用もかかるのでできないと市長さんも言っている。隣同士仲良く話し合ってくださいとの事だった。だけど話し合いで済ませられなかった。

隣のK市の役所近くの法律事務所に出かけた。K先生は自家用車は使わないで公共交通機関を使って移動し経費は分かり易く良心的だと言われているそうだった。

耳が遠い父目が見にくい母を伴って、何もわからない私が、約束の時間が来て先生の前に畏まってかけた。(戦後の食糧難の時、母はビタミンA欠乏症に罹り六〇歳近くなると視力に障害がでてていた)

K先生は役立たない付き添いの私に余計な話などさせず、必要な質問を母に答えさせるのが最適と判断された。母は視力がわるくなっても記憶力は冴え、計算力も素早かった。元々なかった通路、しかも実家の敷地に造ったのをわが物と言い出したのだからすぐ証明されると思っていた。隣のおじさんは自分の家を新築した年月も忘れていた。何しろ母は電気のメーターを見に来る人に使用料を聞くと料金を暗算したとメーター見の叔母さんは言った。そんな母では相手がわるいだろうにと思っていたが、さまざまな手続きや裁判所の都合などあって三年近くかかった。その年月は納得行かない時間とお金を費やす心労の日々だった。私は流石に裁判所などへの付き添いは断った。弟夫婦が両親を伴って出かけた。

あとでその時のエピソードを圭子さんから聞いた。隣の原告がどのような場面で伝えていたかは知らなかったが、裁判官が母に向かって、「あなたは新聞は読めませんね」と問うた。母は、「いいえ、新聞は読みません」と答えた。また裏庭の「端っこに生えていた柿木、それも隣は自分の土地の境界を示す自分の所有物」といい張っていた。「あなたの木だと証明できますか」と問われた言葉に詰まった時、母は単純な事を聞いてくれるように提案した。つまり柿の実は甘かったか？　渋かったか？　と。

勝ち誇った様に隣人は応えた。「勿論甘柿ですよ」

毎年浴室で大きな桶に入れてワラやレンゲの花などもつめて世話していた。渋を抜く作業だった。出来のいい柿は毎年、向かい三軒両隣に差しあげていた。

2の1　夢幻の人

その後父は前立腺も悪くなり、まるで、それを境に医者とは無縁でいた父に異変が現れ出した。幻覚が見えるらしい。庭の石にだれかが腰掛けてこちらを見ている。「もう庭はないのだ」と言っても承知しない、と母と弟は言った。私は父の深い所の悲しみが浮上してきたのだと思わずにはいられなかった。なんとか、癒す方法がないものかと考えてみた。

「ただいま」、「おかえり」。あの呼応に勝る癒しは無かったが、その末っ子は中学生になり、部活動も始まり、夕食後は自室に行き、祖父母との接点は少なくなっていった。それは、もう戻れない時間の彼方に行ってしまった。

では、どうしようか？　父の好きな緑したたる山間の温泉にでも、母と一緒に連れて行って長逗留でもさせてやれたら良いか、などなど。けれど、弟夫婦も共働きで忙しく、私も娘二人とも県外の大学に行って、家のローンと学資の仕送り、貧乏時期で、時間もお金もきりきり舞い。せいぜい出来る限り回って、好物を届けるのがせいぜいだった。

嫁さんは、病院に行って脳の検査を受けた方がいい、お姉さんも毎日看に来れないと思うから、ケアマネジャーと相談し、介護度を調べてもらい、ディサービスを受けさせましょう、と言い出した。そんなにすぐ介護度なんて言い出さなくても。父と母は寂しそうでも仲良く話しているのに……。まだ、大丈夫、私もできる限り寄るから。

そんな相談をしている時、「あれ、おとうさんは?」。父がいないのに気づいた。トイレにも、どこにもいない。皆な大あわてになった。履物がない。そう遠くへは行っていないだろう。皆な外へ飛び出した。

夏でももう八時過ぎれば、外は暗かった。早く見つけないと。みんな焦った。子供たちも自転車で走り出した。父は夜出かける人ではなかった。探す当てなどなかった。

周囲の町々をそれぞれ回って、戻り、どうしようか?　と吐息をついていると、「あれ、おじいちゃん」。末っ子の声にふりむくと、父が立っていた。「みんな、どうしたんだ」と普段どおりの顔。「どうしたもこうしたも、ないだろう。黙って、かってにどっかにゆくから、心配していたんではないか」と、弟が声を荒げた。父は一向に悪びれる気配もなく、「どこって畑見に行っていたんではないか」。「こんな、夜中にか?」弟の心はまだ波立っていた。

ある寒い日、徘徊老人が行方不明になった。近隣の町内会総出で裏山の山狩り、ため池浚い、見かけたことがあるところなど、徹底的に捜したがわからず、数日後二〇キロ以上離れた海辺の町で発見された。海岸に通じる道の側溝にキチンと納まるように入っていた為発見が遅れた。側溝には水は無かった。が寒すぎた。夜通し歩き続ければどこへだって行けるし、また私たちには分からない行き先にもその人にとって理由があるらしい。

ひどくならないうちに検査してもらうのもやむを得ないのかと思った。

一人でひっそり亡くなられたらたまらない。


デイサービスにも行かないで母と居た頃、二人は語り合って笑っていた。ふつうの会話になっていたとは思えなかったので、耳かたむけてみた。

母は昔、姉の稼業の手伝いに大阪に行っていた。いきなり気に入りの職場辞めさせられたと言っていたはずだった。けれど独身時代の大阪暮らしは楽しい事もあったようだ。時々思い出話をしていた。黒門横丁で食べたあんみつがおいしかったとか、まだ当時は活気があったらしい。半面、母は「ばい煙が入ってくる」と窓を閉めようとした。姉は、「ばい煙なんて言わんとススとかケムリでいい」と、訂正させたと笑った。母の昔話を聞いているかいないか分からなかった父が、「そうやな、そうやな」と一緒に笑っていた。

そんな合間に、父が誰に言うでもなく言った。美知子はあてがいな（いい加減な）ところがひとつもない。それが頼もしくもあり、恐ろしくもあり、で、私は思わず爆笑してしまった。

爆笑に驚いた母が、「何に、何に」。私は急いで父のセリフを繰り返した。母も大笑いした。父は他の連想にいざなわれているようだった。

　それでもそれで良かった。


　母の嘆きをよそに父はいくつもの施設の入退院を繰り返さなければならなかった。やがて大きな医療法人の運営する自然の中の立派な施設に決まった。

　それでも母の仕事がまだ残っていた。隣家からの裁判沙汰にこりたこともあったと思われた。父に生前後見人を付けておく事など、弟と私は時間のやり繰りと法務局や司法書士の事務所の厄介な場所と書類につきあわされた。手続きが終わると母は父と共に暮らすためその施設に入った。

　父母の入った施設は平屋建てで、中心に大きな居間兼ダイニングキッチンがあった。それを囲み大きな個室が五室あった。専任の看護師さんや厨房担当者や助手のメンバーさんたちもいた。快適で行き届いている様子だった。住み分けでなんとか普通の日常生活が戻って来そうな気がした。

　弟と二人で家にもどりながら、いいところだったね、と安心した。だけど自分たちが年とっても高くて入れないなと笑い合った。

2の2　現《うつつ》の人

七月一五日は祖母の命日だった。母はお経が上がるのだからと戻っていた。私と二人でお坊さんの後ろに正座して、数珠を懸けお参りしていた。お坊さんが帰られると、母はいきなり倒れこんだ。顔に血の気がなかった。かかりつけの近所の医者がかけつけてくれた。しかし手に負えないと、総合病院に行った。

病名は肺癌と診断された。それも余命三ヶ月。「なんとかなりませんか？」「なるなら月を切りません」

本人には？　と嘘は言えませんので、私が、でも、わたしもまだ……、と言うばかりだった。母が、なんだって？　と問いかけたので肺がひどく痛んでいて、治るの難しいのだと。だったら癌やね、と自分で小さく呟いた。そうだとは言えなかった。医ガンだと言えば死んでもいいということだった。

九谷釉裏紅女郎花皿（紘）20.0 × 3.8cm

師はどうでしたか？　癌とは言えませんでした。では、緩和ケアでゆきましょう、と。ここ一四、五年で治療の選択肢も延命方法も進化してきていると言われているが、初期の段階での発見が最大の要だとおもう。

母の場合、医師が直接、間に私が入らないで、告示してくれていた方がよかったのではと思うこともあったけれど、母はすでに我慢をし過ぎて来ていたのだとも思った。

「頼りない医者や」と言いながら、「この痛さを治せる医者などいるはずは無い」とも言った。

私は、どんなケアにしても集中できれば、ここにいた方が良いと思った。

けれど母は、父を一人にして置けないと施設に戻った。

一〇月の半ば過ぎたある日、施設から電話があった。日中は私の携帯にと言っておいた。母が蒼白で苦しそうです、先生にも連絡しました。

弟に電話して、施設に向かった。郊外に住んでいるため施設には少し近い。待っていられない。

母は私が近づくと、いつになく、両手で差し出した私の手を包むように取った。

じいちゃんどうしている？　すやすや寝ているよ。うなずいた。そして七十八か。疲れたもう寝る、と告げた。

弟夫妻が入って来た。母の言葉を告げると、弟はほっとしたのか、「人騒がせしての顔をして。

じゃ、帰ろう」と言った。「ごめんね。あわただしい思いさせて、私はまだここにいたいので、後から戻るから」と言った。

「戻るって、車なかったのでは?」と弟。タクシーを呼ばずに急いだ。夫に運転してもらってきた。そして夫は先に戻った。後でタクシーで戻るから。まだ、戻る気になれなかった。それでも弟は、「わざわざタクシーを呼ぶことはない、送って行くから」。それで圭子さんを待たせては、と連れだった。後髪引かれるとはあの気持ちかと思った。

家に戻っても眠られず、深夜テレビをつけた。シルクロードを一人乗りで朱色の翼を動かしながら飛行船で飛んでいた。それを延々とみていた。明け方になってまどろんでいた時電話が鳴った。

圭子さんだった。「お姉さん、お母さん息をしていないのですって」

弟は車を出しているらしい。すぐでかけますので。急いだ。

母は、なぜか新品の浴衣を着せられて別室に寝かされ、すでに手は胸元で組み合わされていた。夢の中みたいだった。誰もまだ来ていなかった。

院長先生がやってこられた。母の瞼にライトをあてご臨終です、と手を合わせると去ってゆかれた。「お世話になりました」とは言った。夢の続きにいた。

顔なじみの看護師さんは、「朝、声をかけたら、返事が無かったので戸を開けると、ご主人の方に倒れておられました」と教えて下さった。私はそのままを、最期の言葉となってしまった昨夜の情景を観たかった。母につきそって実家に戻った。断固として母の傍らにいなかったことを悔やみながら。

その後父が亡くなった。母の二年後一一月二二日だった。

なんとか父を一日でも多く生きていてくれるようにしてくださいと懇願した。その懇願に施設の方々は応えて下さっていた。父は流動食も受け付けなくなっていて、点滴で生きていた。血管も細くなり点滴針も入りにくくなり何度も試された跡が細くなった腕の平に増え続けていた。見るに堪えないほど痛々しくなっていた。

毎日、父のもとに通っていたが午前中にしか行けなかった。ほとんど父は眠っていた。午後は薄命の中で時折母の名を大声で叫んでいたそうだ。父も誰にも看取られずに逝ってしまった。父にとって終戦（敗戦）と言う心の激震を経ても、ひたすら私たちの為に働きに働いた人生だった。恩返しどころか感謝の言葉もろくにかけないまま、逝ってしまった。父を、無理に、応えなき生を永らえさせてしまった。私が引導を渡したにひとしかった。

過去の検証は辛くなるばかり、自己検証は自己嫌悪になるばかり。

第三章　免疫力への救いを求めて

1　夫源病と婦源病

減量体重の維持もうまくいっている。それでも足暴れは止まない。やる気なく落ち込んでいた。

グチル相手もいない。夫はこちらから電話すれば、忘れたころに、「なんやったかな？」と尋ねる。「また、どっかの医者にいかんならんなら早めに言え」「医者にはゆかん」と応えると「元気でやっとれ」で、話などできない。

が、あまり気になって電話する。「今日はもう最高の動き方みたい」と言ってしまえば、「前にもそう言ったんではなかったかな。わしや、医者でない。早よねろ」。プププ〜プと切られる。

速く眠れたら苦労スッカ、と闇に毒づいて電話しないでいると、一応辻斬り浪人のような声。出ると、「生きとったか」であった。で、それだけ。

最近言われている夫源病を疑ってみたが、夫からは婦源病と思われても仕方ないか、とよく反省した。なぜなら、「おまえが、やると言ったら、動き出した機関車だから止められない」と、よく言っていたから。電話する前から返事が判ってしまう。そんな気がして、私もブッキラボウになっている。

夫は、気にしない事は気にならない能力を持っている、とか？

大抵ワタシが悪いのだと思って来たが、どうしても納得出来ない事は有った。

退院する日、荷物もあるので夫に迎えを頼んだ。身の回り物もまとめ洗面台も拭っていると夫があわただしく入って来た。

「ありがと、早く来てくれて」と私。

「早くしろ、入口は混んでいるのだ。早く車を移動せんならん」。まとめてあった荷物を見て、「これだな」。引っ摑むともう部屋を出て行く。急いで杖を持ち、「待ってよ。先生や看護師さんたちに挨拶してゆかなければ……」と叫んだ。

「だれも忙しいのだから、後でいい」。エレベーターからすぐ車に。で、自宅に戻ってしまった。

私にとって、車の移動云々のレベルではなかった。来る前に電話で言うつもりがあった。

電話に出た夫は、「行くと言っただろう。まてんのか！」と切られた。

せめて車は夜間出口の端に止めておいてほしかった。午後は比較的空いた時間があり、なんとか、お世話頂いた方々に感謝を伝えたかった。親にも出来ないお世話を日々して頂いたお礼の一言も無く去るなんて、考えられなかった。

こんなパターンがありすぎた。

2　ジストニアって何？

もう一回やるか！　目の前に患者がいてもパソコンや画像ばかりの対応に飽きて、東洋医学だ、と鍼灸やマッサージに通ってみたが、やめた。脚がもどかしがった。そこで、知り合った方に教えられたK整形に行くことにした。先端の西洋医学に逆戻り。加えて私は傲慢だったと反省した。全国から飛行機も使ってくる患者さんもいるとか。

K先生曰く、「ジストニアです」と、はっきり告げられた。右脚の膝下側面に注射を打って下さった。一定間隔でつづけてみましょう。

今まではっきり病名を告げられた事が無かった。初耳だったけれど、病名が出たとよろこんだ。注射はチュンとも効かなかった。出された薬から判断してじゃ、ないでしょう、と自己診断出来た。

ネットで《ジストニア》を調べた。筋肉の不随意運動には違いなかった。しかし該当しなかった。ただこの病名での検索は、動き始めてのすべてが含まれていた。

つまり整形外科と神経内科を網羅する症状が含まれている便利な病名だった。

それでも例外の項目での可能性に含まれる点でしかなかった。外傷や手術後にまれに起こりうると。

私がＫ先生を受診したのは四年前。ちなみに先生の患者さんは増え続け、午前三時にもなれば、患者さん自身が番号札を配り合って開院時間を待っているとの事。先生は過労で倒れられたが、臥せってても居られないと懸命の対応をされておられる。

3　自然の中へ

病名が決まったとの喜びもしぼんでしまった。落ち込みのヒドサを心配して友達ネットで情報が来た。

福井県のＨ先生に会いに出かけた。先ず私の体幹の状態を観る為ネット状の衝立の前に立たせた。真っすぐ立ったつもりだったが右脚を庇う癖があった。それで、左脚がつっかい棒になり、右半身はやや左に曲がっていると指摘された。

その歪みが解消されれば血流がよくなります。脚の動きについては活源運動と思われます。体を元にもどそうとする自然の動きだ、と言われた。そうか活源運動と言うのか！　おお、ついに病名ではない動きと同意された。自分だけが信じ、自分だけ故に揺らぎながら信じてきたことを初めてうなずいてくれる存在に出会えた。嬉しかった！

脚に関して、ドクターTは、右脚が一〇〇度曲がれば自転車もこげるようになるのだが、とおっしゃっておられた。それが一〇〇度を超える回復をしつづけていた。脚の動きは止まるどころか益々外目には知られないまま激しさを増していた。

ただ、激しさの内容は日々刻々微妙に変化していた。チタン製の太い一五センチのネジ釘は脛骨に沿って撃ち込まれていた。抜き取った穴が内側からひきつることが度々あった。それは私には骨からはがそうとしているように感じられた。穴の窪みが浅くなったり元の深さに戻ったりしていた。膝の骨合わせのジグソウパズルも動きのおかげか、だんだん膝小僧に成していた。その裏は固くなったり柔らかくなったりして膝小僧を手の平で包むと心持動かせるようになっていた。H先生との出会いによって、動きをすべて肯定できた。

手術の全体像も私に告げられないまま、夫はドクターTに骨密度も高く、血管は三〇代のつるつるだと言われて承諾したと言った。手術を受けるのは私だ。承諾したって！　と一瞬よぎったが、死にぞこないの態で激痛に耐えながら待たされていた。

やっと手術してもらえるのだ。その思いが勝っていた。

そのおかげで私の体内には一切の金具は無い。それが自然治癒力を働き易くしていると感じている。私にふさわしい手術だった。

4　けなげに生きる動植物

生き物地球紀行、ワイルドライフなどのドキュメントが大好きだ。新たに謎だった生態が説き明かされるたびに感動が湧き上がってくる。大小にかかわらず、ほほ笑まれるものも、嫌われものも、群れるものも、単独ものも、その特性をフルに生かしながら水と光と食料を求め、むさぼり過ぎず、死して他を生かし、大地を損ねないで還ってゆく生。

豊かな自然がある限り、命は繋がれ、豊かさの再生産は叶うはずなのに……。

人間たちの行き過ぎのせいで損ねられた環境のなかを、告発できないまま存続の危機にあっている多くの種、命がけで生きながら、命の危機は死でしか示せない存在……、人間だけの繁栄なんてあり得ないのに……。

人間が損ね続けている地球環境を何とかしたいと大なり小なり行動している人々、環境破壊もビジネスチャンスの変化としかとらえない人々、それらの行動以前に今も飢えながら弾丸の降り注ぐ中をさまよわなければならない人々。これらの人々も人間たちの争いの下で存亡の危機に遭っている……。

ここ日本もいつどこで何が起こっても不思議でない複雑なサヴァイバル環境が広がり続けている。天候の微妙な変化も、微妙どころでなくなってきているのも。

それでも子供たちにはこの気候の中での成長なのだと実感する。次世代との呼応を叶えたい。最近それら若い世代から大人世代への積極的な発言があるのは頼もしい！

第四章　帰郷

1　ド田舎のシャンゼリゼ

帰郷することにした。

七ＬＤＫで収納部が多く、前後に庭もあって、気に入りの家を去るのはつらかった。決めたからには、行動しなければならない。ダンシャリと言う言葉が流行っていた。なんでも捨てがたくため込む性格のうえに、娘宅からの不用品などで埋めつくされていた。

どこから始めるか？　一人暮らし用に買った家具電化製品などなど、出来るだけ役立つものは役立ててもらえる人々にあげればいいと考えた。双方がにっこりできるように、大きく重いもの、使ってなかったものなどからはじめた。

国際交流の一環で途上国からの留学生に、寒さ対策の防寒服や敷毛布など、他からも集めて持っていったが、今では送り出す国々の制度は整って手厚い奨学金もでるから必要は無くなり、むしろ、日本の学生たちの生活が厳しくなってきている、と聞かされた。この一〇年の間の変わりように困惑した。

それでも、なんとか赤ちゃんから年配の人々まで役立てていただけた。

十年経った故郷は空気まで変わった気がした。

雪下ろし無しのトンガリ屋根の大きな一部屋とダイニングキッチン、バス、トイレ。赤毛のアンの家みたいな入口兼ロッキングチエアを置ける広めのデッキ付きで終の住み家を、と目論んだ。

故郷に戻るのは娘たちは賛成した。夫もそうかと言った。ところが目論みを話すと、「ええ〜。家にもどらんのか」と夫。娘たちは、「また負の遺産を造るつもり？　誰ももどれないのにね」であった。

運転免許無い私は地方都市でも買い物難民になる。家族はすでにテンデンバラバラ。

夫は遠くの山々へは行かなくなったが、黙って近い山々へゆく。行き先など、予定も告げ無い夫の趣味を損ねる気はない。が、こちらも損ねられたくない。で、市内別居。

富山の家は売りに出した。二世帯でも楽々住める家。勿論目論みは、家がすぐ売れると考えての事だった。今時そんな大きな家は売れないと言われた。

現在親子三、四人で、草かり不必要で、二台の駐車スペースと自転車などもしまえる物置のあるこじんまりした、三ヶ月で建つ家でよいそうだ。

身軽くなったが生活する最小限度も要った。スーパーマーケットが近く、郵便局も駅も近い、その賃貸マンションに入った。東南の角部屋で見晴らしがよかった。五階だから空や雲がながめられた。階下の文字など見えなくてもよかった。

言いたい事を言う友が見物に来た。ベランダから眺めまわし、「シャンゼリゼみたいね。でも遠くの山々も見える分、シャンゼリゼよりすてきね」と、のたもうた。

彼女は、師と共にヨーロッパの国々に滞在した色絵磁器作家。東京から移住して永い。古民家を移築してアトリエとしている。彼女は、街中に私が住むなんて思えなかったはず。それでも障害でやむをえないと心配してくれた、とは思った。

寝ている座敷の縁先から虫や小鳥たちの声々を聞いていた富山の生活とは何たる変化か。彼女はとにかく、私の気に入った点でまたつながった。

2　足元の現実

郷に入れば郷に従えではないが、郷を慣らせ、でしかない。

市街地の車を始めあらゆる音は上に上がってくる。視力が損なわれた分、耳が益々敏感になっていた。音を騒音と感じてしまえば逃げ出したくなった。

電車は普通列車、特急、貨物と夫々リズムがあって結構おもしろくなった。ゴゴゴゴットン。二両と四両では音の長短があるが、普通車は不愛想にゆく。十二両でもワオワオワオ〜ンと特急はすまして去る。最近の貨物はとても長い。早朝の通過はめざましなんかより効きそうだ。まあ、どんな重さやスピードにも耐えているレイルロードはスゴイ。

手前すぐ下の国道につなぐ県道の車の音は、曜日や天候に拠って変化とりどり。大型、小型追っかけられてる走りが耳に届く。

どうしても好きになれないのは換気扇、鰯やシシャモの目刺しならぬ、人間の耳刺しにされそうだ。

歩道を歩く機会が多くなった。歩道は市道だそうだ。その市道はレンガがあちこち剥がれている。通学路でもある。自転車での通学生も多い。事故にならないか気にかかる。

自転車には外国人労働者も混じってきていた。ベトナム、インドネシア、フィリピン、中国は減っている気がした。様々な言語が行き交っている。

3　インナーマッスル、波動は歌う

〈走れトロイカ走れ～粉雪蹴って～〉脚の動きはなぜかロシア民謡に合っていた。そうか！　永く親しまれている曲は自然の波動に呼応しているから誰にでも好かれるのかな。その後、動きのテンポが変わるとイタリア民謡のフニクリ、フニクラになったり、日本の島原の子守歌やアリランコーゲ、ブガワンソロなど多国籍になってきた。

夫や娘たちから絶対音感も相対音感も無い人と言われている。つまり音痴だと。全く気にならない。この三人は上手といわれていた。私は歌は喉で歌うのではなくて体で歌う。既製の曲でない調べが出てきだした。全く音符が読めない人だから困っている。

歌えればピアノを習わないでも弾いていた人がいた。誰か譜面に移してくれないかと願っている。でも方法があるのかな。

九谷色絵露草隅入長四方皿（公）9.3 × 19.3 × 2.0cm

私は調べにあわせて空気の鍵盤を弾くだけ。
動物たちには医者はいなかった。傷口を舌で舐め、解毒の草なども知っていて吐けた。古代ギリシャの医聖ヒポクラテスは一人ひとりの体内に百人の医者がいると教えてくれた。人体の仕組みや働きを知るにつけ、進化の永さと共に厳かな気持ちにさせられる。

これらを学べば自分自身の体にも、他の体にも、いい加減な対応はできなくなる。自分が創ったのではなく、両親だけが創ったのでもない。自然の中の命に宇宙の遥けさと地球の深さをしみじみ思う。と同時にあらゆる命を頂かないと命を保てない事を実感すれば、悪い事は（人間同士で争うなど）できなくなる。もし私がほかの生命体に餌として食されることを想像してみればどうかな?!　お肉ときれいなパックでしか見なくても、そのお肉一パック得るためにも一頭の個体の恐怖の悲鳴があったのを想ってみればわかるはずだから。

人間も自然への回帰へと呼ばれている気がする。

第五章　社会との接点にて

1　社会との接点にて

人は社会と関わり生き生かされている。日常に使う衣類や食品一品とってみても、どれだけ多くの人々の手を経て造られ送られてきているかがわかる。

そして内容の変化と多国籍化で日本から遠くなるほど価格は安くなり、地産地消で賄っている物は次第に減ってきている。それは純国産品が高級化しているからといえる。納得はできても、日常的には使うのは贅沢と思ってしまう。

そのような日常の変化が具体的な社会とのブレを示してくれる。そして接点のブレがひどくなっていると感じられてきている。

このままのブレが進むと、動植物だけでなく、そっと限界超えてまた超えて静かに消えてゆく人々が、いるのではと気にかかる。

あれ！　私だってそのような存在のワンオブ？

2　政治の劣化

2の1　ジャブジャブ政災

福井県小浜市の名刹明通寺の中嶌哲演師は、もう半生以上原発阻止で来られている。高浜町の元助役の関西電力とのでたらめの金銭などのやりとりが暴露された件については聞いてはいない。聞くまでも無いと思う。なぜなら師は、関西電力本社前で抗議の断食を度々されて来られた。そして断食分の食事代も原発反対の資金に当てて来られている。

ジャブジャブの原発推進マネーは心身が乾くだろう。

二年前、師に会いにでかけた。六年ぶりだった。小浜までの道沿いの変化に驚きっ放しだった。若狭湾を巡る梅林の元で地元の人々が手作りの梅干しを商っていた。地場特産センターでは白梅、紅梅の盆栽などもならんでいた。メノウ会館で緑色のペンダントを買った。海鮮市場では観光バスが並び、大釜でぶり大根がおいしそうに煮立っていた。

何もなくなっていた。海鮮市場は鎖で囲まれていた。

「先生、地震も津波も事故の発災もないのに」

師は静かに、「日本はどこもこうなりますよ」

高齢で断食はどうか、との私の問いに、師は体が軽くなって疲れにくくなった、とおっしゃった。減量の効用は実感しているので納得した。

戦争はありとあらゆる物の無残で限りない消費だといわれている。今現在目に見えないすざまじい大消費は原発で進行しつづけている。

風力、太陽光、地熱、様々な選択肢もわかってきた。原子力発電が子々孫々を安心安全から遠ざけ、命の危機にさらすとんでもないものだったと分かってきたはずだった。しかも核兵器との違いはただ一点、核兵器はスイッチを押す事によらなければ放射能は封じられている。しかし原発は稼働している限り日常的に排出され続けていると学んだ。どちらも生きとし生ける生命体を損ねると。

しかし関電は、重大事故につながりかねない老朽原発の再稼働を目論み、裁判所まで関電によりそっていると、「はとぽっぽ」通信で知った。（原発設置反対小浜市民の会発行第２３２号より）

2の2　原発を持ってきた者　依存症から癒えない者たち

火山地震帯連なる列島には決して建ててはならなかった原発。ロン、ヤスとフレンドリーになったと日本にもってきた中曽根元総理。現役で発言力ある時は反対せず、役職から離れてから原発反対を叫びだした小泉元総理、なぜ現役の時言わなかったのかと。その答えは、その時は知らなかったと。

専門的な知識の無い人が大臣になれる政府だから、今更ではないが。せめて、気づいた時から行動するのまで否定してはいけないとは思う。先ず現役の二世にしっかり伝えてもらいたい。

2の3　ごまかし、まやかし、はぐらかし国会

三〇年前はまだ、政治家は物書きたちより、言葉使いに腐心していると感じたことが多かった。与野党ともに一定のレベルで、論戦を張っていた。

最近の国会は、与党は日本語の使い方の原則さえご存じなく、限られた語彙を「まさに」リピートするだけとなっている。野党は、かみ合うわけもない与党議員たちに向き合う為ただ言い訳言い逃れの機会を与えているだけとなってしまう。いや言い訳さえしなくなっている。世

界情勢論議までたどり着くどころでない。

ごまかし、まやかし、先送り、最優先は最後尾、本当の最優先は政権維持の法案作り、最優先ともスピード感持ってとも言わないが多数決で決めている。その地域の人々が拒否した人をまた拾い上げる選挙制度は民主主義とは思えない。

史上最初の被爆国にあって、核の傘で守られているから、とアメリカからの防衛費をジャブジャブ言いなり前払い。属国といわれるわけだ。核の傘の下で被曝犠牲者たちが浮かばれるとは思えない。

2の4　人物見えない自民党

以前、はっきり意見を言ったら市長は、「いつから共産党になったのか？」と言った。「なに党でもない。強いて言えば一人だけの自分党だ」と言った。「なるほど、あんたらしいわ。」と頷いた。市長は良いも悪いも分かりやすい人だった。私はこう思いますが、あなたは？　とは意見交換の前提ではないか。

共産党はなぜ怖がられるのか？　戦争に命がけで反対した事は茶の間のドラマでも教えられ、知っている人々も多いのではと思う。現在日本海の排他的水域にやってくる人々の主義と混同されるのではと思う。ではない、と思っている人々も増えているようだけれど、ただ命がけの党是を守る気持ちは理解できるが、ここで取り違えやすい人々にこそ、命と平和な生活への方法をもっと示すべきではないか。

政治の劣化のスピードの速さを、心ある政治家は与野党問わず党員以前に基本的人権を持った人間としての信念をもつべきではと考える。

それにはっきりものを言えば既存の党員といわれたのでは私の自由と主体性ははなはだしく損ねられる。もっと伸びやかに多様性を認めあわなければならない。

野党は野合と言われるのが怖いとか？　固まりを造ろうとしていれば消化不良のだんごでだれも食べられない。命を守るとの共通大前提があれば美味しくなるはずだ。

与党が野合とは言われない不思議！　国会内の屋根の下だからというなら、もうそれだけで独裁是認の場でないか！　でかくてまずいだんごの陰で自民党に人物見えない。

2の5　ウィン　ウィンと飛ぶ政府専用機

沖縄に基地があって北方四島が返されるなんて主婦仲間のだれも思っていない。プーチンさんと七〇回以上出かけて会談したそうだ。それで総理の故郷にやってきて、またお土産のワンちゃんをあげたとは聞いたが会議の進展はきこえてこない。

本命のウィンウィンには、団塊世代の医療費がと必ず衝立を立て、北の脅威とのつっかい棒で補強してアメリカに配慮の予算は膨らませっ放し。

北の脅威とはミサイルだけなのか。その脅威から国民を守る為とは、やたら聞く。日本海の漁師さん達は国民ではないのか。日本海の排他的水域での漁は、命の危機には港に戻れ、漁獲無く戻って命の危機。徹底的な平和外交している国なら、国際的な共感もえられるだろうが、このままでは棄民にさせられかねない。

国民の労苦の結実や広くまんべんなく集めた税を、誇りなくジャブジャブ貢ぎ、ウィンウィンと飛び回っている。

2の6　日本は豊かな国 or 貧しい国

最近は次々と暴露される事が多い。衝立や帳で覆い隠すより、国民の要求を聞いた方が良いと判断したようだ。例えば就職世代の雇用についてなど、雇用主には補助金を支給するとか。

今年度初めにこの時期の人々に注目したことがあった。

知人がハローワークで要件がみたされたからと職を得た。午前九時から午後五時まで残業無し。働き方改革でそうなったと言っていた。彼は四十八歳独身。地元企業に勤めていたが倒産。その後様々な仕事を、時には掛けもって働いていた。「一応まとまった金額なので、考える時間がもてます」とのこと。

少子高齢化、と自然状況の様に言うな。不安定な雇用を勧めたのはだれだ？　そして人手不足を解消する為、と外国人労働者の雇用を増やしている。

ちなみに、地元の優良企業が現地で選抜したベトナム青年の賃金は二時間の残業を含めて月額一七万円と聞いた。彼らの移動手段は車でなく自転車だ。三年間の望郷に耐え国に戻れば待ちわびる人々も国のためにもなると眼がかがやいていた　しかしとんでもない業者に借金を背負わされたり、稼ぎから毎月五万円を日本人の業者に支払わされているなどさまざまな形があると聞いている。

ヨーロッパのオランダなど先進国だった国々では、転職しても職場が変わるのが原則で仕事そのものは自分の好きな事が多く、能率が上がれば午後三時でも家に戻って家族との時間をもてるそうだ。時間も仕事も細切れで不安定では、人生の充実は得られない。アルバイトはドイツ語からパートは英語からきた言葉でも、どちらも学生や専業主婦たちが余暇を活用して学資や家計を助ける為だった。勿論定職で生活を支える人々がいた。

家族の形も家庭での役割分担も変化しているので、決して昔が良かったとは言わないが、どんな仕事でもとりあえず、しなければならないのは個人にとっても社会にとっても大きな損害ではないだろうか？　立ち止まって考える暇さえないのでは、願いが実現できない社会の貧しさを考えさせられる。

3　『りんこちゃんの8月1日』富山大空襲とは？

村上凜子さんの絵本『りんこちゃんの8月1日』を頂いた。富山大空襲については、リハ待ちの時、とてもひどかったと聞いていたが、よく知らなかった。

県民会館で「富山大空襲を語り継ぐ会」が定期的に開かれていると知って出かけた。

この絵本一冊でもそのひどさは伝わったが、実体験されて生き残った方々の語りは想いを越えていた。

それと同時に当時の日本の技術がどれだけだったか教えられた。無謀な戦争に引き込まれたと言われていた、その無謀さも知らされた。現在はさすが日本の技術力と自画自賛のコマーシャルに頷いているが、これほどの差があった事に愕然としていた。

一九四一年戦争に突っ込んだ。一九四五年八月十五日無条件降伏する直前での、あまりの惨劇はなぜとめられなかったのか。降伏の機会はどのようにきめたのか。会誌には、中心市街地の九九・五％をナパーム弾で焼き尽くした事実をあらゆる角度から記録されていた。富山だけでなかった。

「富山大空襲を語り継ぐ会」の解説資料から

一九三九年に第二次世界大戦が始まり、一九四一（昭和一六）年一二月には、日本もアメリカ、イギリスなどを相手に無謀な「太平洋戦争」を始めました。しかし、開戦からわずか半年後の「ミッドウェー海戦」で日本軍が大敗し、日本はどんどん不利な状況に追いこまれてゆきます。一九四四年夏、マリアナ諸島を占領した米軍は、グアム、サイパン、テニアンの三島に五ヶ所の飛行場を建設し、五つの航空団、約九百機以上の「B29（超長距離重爆撃機）」を配備して日本本土空襲の準備を着々と整えました。そして一一月には、B29八十八機が初めて東京を空襲しました。

日本への空襲は三つの時期に分けられます。

「飛行機発動機工場への精密爆撃」の第一期（一九四四年十一月〜四五年二月）、「大都市空襲（市街地への焼夷弾による無差別絨毯爆撃）」の第二期（一九四五年三〜五月）、「中小都市空襲（市街地への焼夷弾による無差別絨毯爆撃）」の第三期（一九四五年六〜八月）。

この「中小都市空襲」は、大都市を除く全国五七の中小都市に、六月一七日から敗戦前日の八月一四日までに一六回、一晩にほぼ四都市づつ行われました。その第一三回（八月一〜二日）として、富山市が、八王子、長岡、水戸各市とともに大空襲をうけたのです。

富山大空襲にはいくつかの特徴があります。その第一は、殺された人数と焼かれた面積とが、いずれも全国に例を見ないような大規模なものだったことです。

富山大空襲による死者は、二、七〇〇人以上、負傷者は七、九〇〇人。これが、今日公表されている数字です。（しかし、調査の不備もあり、実際には三、〇〇〇人を超える死者が出たと考えられます）。人口一、〇〇〇人あたり一六人が亡くなったことになり、全国平均八・七人の約二倍に当たります。この数は、中小都市の中では、鹿児島、浜松に次いで三番めです。

焼かれた面積は、約一三・八平方キロ。米軍が目標区域にした市街地の、実に九九・五％に及びました。この率は全国一です。当時の富山市街地がほとんど焼き尽くされたのでした。

空襲は防空壕とバケツリレーで対応出来ると、女子供を訓練し、勤労奉仕の女学生を前に、工場にやって来た下士官は一席ぶったと言う。「我々は敵に一歩も怯むことなく、鉄砲玉一つも無駄にすることはないでしょう」と鉄砲玉の原料になるようなものは供出された。お寺の釣り鐘まで出されたところもあったと聞かされた。無駄にできないはずと女学生たちは身を引き締めて聞いたと教えてもらった。

大空襲でどうなったか？　B29は八人乗りで、すでに空調も効いた戦闘機だった。その戦闘機から間断なくナパーム弾、油脂弾を投下しつづけた。防空壕のなかは蒸し釜となり、防空壕の無い人々は火災からのがれようと、川にはいっても流れに降り注いだ油脂弾は水面までも火の海にかえ、下からの応戦など一切なく立ち去って行った。

空爆の熱は、三昼夜爆撃地に人々を入れなかった。母を捜していた息子は叔父と共に焼け焦げた松の根を見た。それが母のなきがらだったと。そして涙もでなかったと。

4　母子の血涙

ある日突然現れたトラックに、若い青少年たちが詰め込まれ船に載せられた。向かった先は、日本の富山湾、そこからまたトラックに載せられ、着いた所が長野県松代だった。そこで来る日も来る日も粗末な食事で、岩山の穴掘りをさせられた。履物も粗末なわらぞうりなどで、トガッタ岩のかけらで傷つきそこから破傷風になって亡くなる少年工もいた。東京の戦火を避けて天皇の御座所と命令系統大本営の移転先とする為だった。逼迫した戦況は突貫工事の必要があった。そこで韓国から未成年をさらってきた。国民には偽りの華々しい戦果を振りまきながら、本土各地への大空襲で国民老若男女死屍累々への悼みなど一切無く、やりすごしていた。広島、長崎に原爆が落とされるまででてこなかった。

大戦から、半年で決定的な敗北をしたにもかかわらず、なりふり構わず海外の国民を辱め、暴虐を強いた。戦線を拡大し続け、学生たちの兵役免除も解き戦線に送った。送られた兵士たちは食料、医薬品などの補給もなく、戦死より餓死やマラリアでの死が圧倒的だったと知った。自国民を欺き続け、史上最悪の被害をもたらした日本の軍国主義。深い反省に立ってとはよく聞いたが、その反省の深さを私は疑がってきた。

自分たちの子や孫が辛く苦しい目に遭って、その亡骸の在りかさえわからないとなれば、命ある限り血の涙途絶えないのは当然だ。国際法で国同士は、話しがついたといっても、母、妻女たちの心に届かない詫びは決してないがしろにしてはならない。

ふつうなら山々に囲まれた杏子の花薫る自然豊かな村だった。せめて、望む人々を慰霊碑を建てて上げられたなら、お祈りに来させて上げられたならと願ってしまう。日本人は、された場合の想像力が失せてきているのだろうか？

岩山を掘った時、出たラスク岩のかけら大量で処置に困った。そこで首都高速道路の路盤として敷き詰めたと聞いた。

5　反省した国　しなかった国

ドイツはナチの残党を地の果てまで追いかけた。日本はどうだったか。最も過酷な被害者たちはもどってはこれなかった。助かるべき非戦闘員まで捕虜となることを恥とせよと断崖から身投げさえさせられた、軍国教育。

パイロット養成と偽り、応募した若者たちもベニヤ板張りのプロペラ機で片道燃料で敵艦に命もろとも突っ込む特攻兵にさせられた。本土最南端知覧で見た、命をかけるのだからせめてまともな飛行機で逝きたいと書かれた遺書を。

広島、長崎では戦い終わった時から、未だ生まれなかった胎児からあらゆる世代老若男女の身体と心に死の苦しみがはじまっていたと知った。そしてそれらの人々を悼み、証する人々は迫る老いとの戦いも加わってきている。


海麗しい沖縄に行った。本土に虐げられながらも老若男女生身の体そのものを砦にして頑張った。そして今なお苦難から解き放されてはいない。

しかも当時の指導者たちの末裔と戦勝国アメリカと取引した末裔は、今も脈々と永らえ政権にしがみついている。


一二月八日開戦記念日だと言っていた。福井県平泉寺町で終戦の日にすべて破棄されたはずの資料が見つかったと報じていた。その資料とは一九四五年八月に国民総動員法が決定した事を知らせるものだった。そして平泉寺町三町で五〇〇人が実戦部隊として集められた。そして竹槍での訓練実施計画なども記載されていた。これだけでも軍部がいかに国民を欺き続けていたかと知らされた。

情報元が一局で統制されている時の怖さを思い知らされた。兵士として送り出された後残っていた男性たちで組織されると集められた男たちだった。かろうじて残された留守家族の大切な男手であったはずだった。

田畑も荒れ、十分な食料自給もできなくなっている時に出された国民総動員法は、疲弊しきった日本各地に、まだ死ねと呼びかける事ではなかったか？　その法を布告した者たちは国民の屍の上に何かを築けると思っていたのか？

自分たちだけは存続できると思っていた？　しかし原爆投下で自分たちの生存も危うくなった、と慌てた。すべて焼却した。

しかし平泉寺町に残っていた。平泉寺は私の父の故郷。実家は浄土真宗の道場をしていた。若い父は最後の志願兵として船に乗って南方にいた。若者達をまだ戦場に駆り立てる力が動いていた。父は帰還できたが日本津々浦々に終戦間際の若い兵士達の墓碑銘をみなかったか！

過去を厳密に検証している方々の努力で、成人してから学びました。私はただ最も過酷な目に遭ったままの人々の存在がしっかり記憶されなければと願っています。その一助と鎮魂への願いを尽くしたいのです。

もう決して無残に損ねられた命が有ってはならないから。それら命一つ一つが損ねられたまま記憶の彼方へ流されてはいけないのです。善良で誠実な方々であればあるほど乗ぜられてはいけないのです。後で人間宣言して頂いても間に合わなくなるからです。

6 令和の正殿の儀をみながら

新天皇は即位宣誓のなかで三回も、平和を希求することを誓い国民と寄り添うと言われた。そのことばの響きには心がこもっていた。台風一五、一九号の被害などもあって行事の延期は当然だとおもっていた。国民国家に関わる大災害だったから。

おそまきの夕食を取りながら晩餐会をテレビで観ていた。鯛の塩焼きやアワビの蒸し物など日本の地産地消品で整えられていた。料理長は四〇〇人分をミリ単位でそろえ、お膳の色どり以外にも見た目の平等感にも苦労されたとか。大変さともったいなさ。

もったいないのは大嘗祭の式典の宮。腕のいい宮大工さんたちが最高の木材で建てた。一〇億円かかった。一三日しか使わないそうだ。それを解体すると言っていた。流石にもったいないと思ったらしい。どなたが指示されたかは言ってなかった。材木は砕いてバイオマスの燃料にするとか。

7　日本の未来を如何に観ん?!

一二月五日安倍総理はいきなり二六兆円の臨時補正予算を発表した。桁が大きいのと、なぜこの時期か、といっていた。花見どころでない嵐が吹き荒れつづいているからららしいとは聞こえてはいたが、

(内訳の第一は、国土強靭化、橋の補強や電柱の地中化など、
次は、台風一五号一九号からの復興支援、
第三は、消費税一〇%の下振れ支えでの中小企業を支援する為、
第四、氷河期の就職支援で公務員の途中採用を認める、

そして小学生に各々一人に一台のタブレットを持持たせる、などと）

消費税一〇％では五兆七千億円の収入が見込まれているとNHKが言っていた。主婦感覚だと、なぜその収入を待ってからにしないのかと思う。それとも値上げした消費税が入ってくるまで待てない程国の財源は逼迫しているのだろうか？　巨大補正予算をまた与党だけで進めるらしい。

補正予算の財源は国民への借金となると言っていた。国民から前借することらしい。税金で補助金が出ると、文句言っている暇はない。頂ける物は頂くのが利口な生き方では、日本は貧乏になるばかりでは、と危惧する。ジャブジャブ使いすぎを自ら言ったとしか思えない。国民にとって公平な税の使われ方をしてほしい。

災害復興は国民全員で協力しなければならない。しかし次々大災害が起こっては、どれも中途半端になってしまわないかと心配になる。

仕事も家も失い、被災地を離れなければならなくなった人々にも、公平な援助がされる事を願うばかり。

落ちたりんごの片づけさえ未だのりんご農家、家の中の土砂も掻きだされていない家々、屋根のめくれたビニールシートや剥がれた瓦などそのままの家々。

屋根は家の一部どころではなく、家の中の物すべてとその下で暮らす人々を守るもの。専門職の人々が足りない。職人さんたちは、腰の痛み止めをしながら作業をしている方もおられるときいた。なんとか年の瀬の前に、専門の人々の大軍団を派遣してほしい。

被災者の痛みを見過ごせないボランテアの人々に、笑顔で自分の街に安心して戻ってもらえるように……。

8　ローマ教皇フランシスコさんが来られた

はっきり意見をのべられた　（二〇一九年一一月二四日　被爆地長崎、広島にて）

久しぶりに人間の魂に直接しみこむ言葉を聞いた。深呼吸が出来た。涙もあふれた。心がなにを欲しがっていたか分かった気がした。

爆心地は、私たち人間が過ちを犯しうる存在だと、悲しみと恐れと共に意識させてくれる場所とおっしゃった。そして人の心の願いは平和と安定だと語られた。

クリスチャンでなくても平和のために働ける道具となれますようにと祈ってくださった。涙があふれやまなかった。心の砂漠にほとばしる慈雨となって。

原爆について学んできたあらゆる映像が蘇って来た。教皇様は「焼き場に立つ少年」の写真を傍らに置いて核兵器廃絶と平和を祈り続けて来られた。その写真はジョーオダネルさんと言う、それこそ平和と、被爆者のために生涯を捧げた、アメリカの従軍カメラマンが撮ったと知った。

皇教様は宮殿には住まないで、小さなアパートに住み、ちいさな牧場で牛や羊鶏などを飼い、野菜も作りそこで生産されたものだけを食するサスティナブルな生活をされていると知った。

「焼き場に立つ少年」は忘れられない写真だった。


「焼き場に立つ少年」

兄弟への祈り

『ねんねん坊やのふるさとは』
どこいった　どうなった

首も座らぬ幼な児を
一人背負った兄の眼に
映った古里　どこいった。

ねんねん坊や　まだ首も坐らぬ幼な児よ
首を支えて　かき抱く　坊やのかあさん
　　どこいった
一人唇引き締めて　やけ土にはだしで立つ兄は
弟のダビ待つ列にいた

ねんねん坊やの父さんも母さんも
　　どうして　どうして　いないのか

手の平をうなじにそわせ　抱きつつ
そっと揺らして子守歌
　　それが坊やに似合ってた

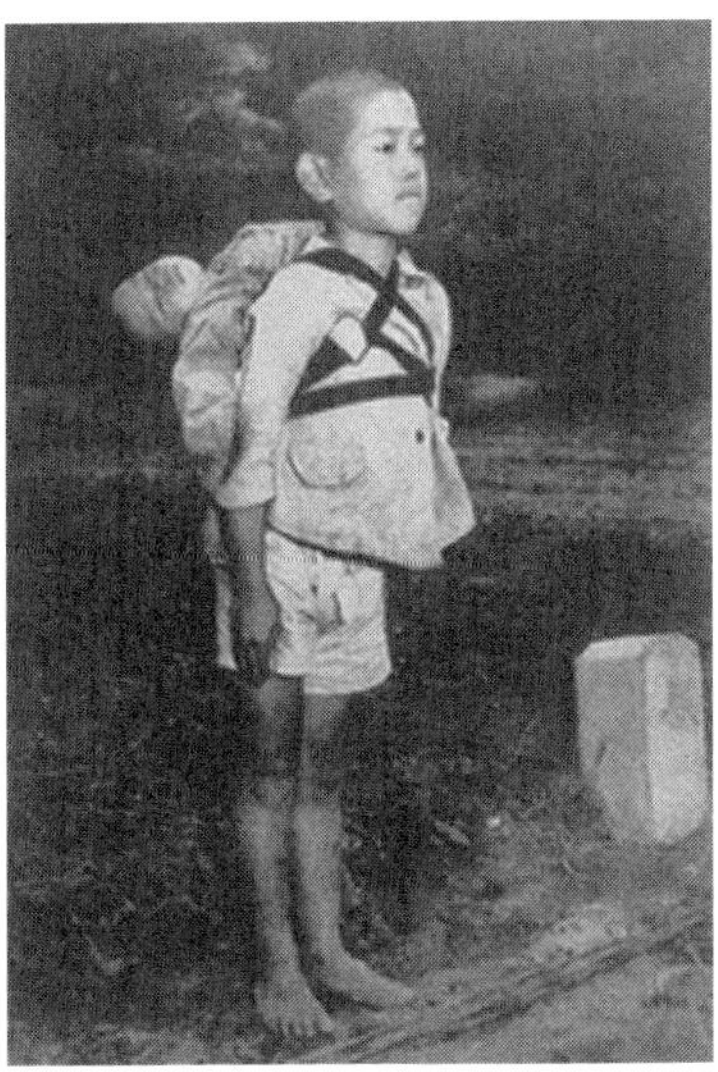

一人見送る兄さんも
　トンボやチョウを追いかけて
　緑の野山を駆けるのが似合ってた
ねんねん坊やの父さんは母さんは
　いったい　いったい　どこいった
首さえ坐らぬ坊やには
　子守歌しか似合わない

二〇一九年一二月二日　睦呼

9　平成は戦争の無い平和な時代だった？

弾丸の飛び交う下でその日その日をつないでいる人々を思う時、日本は平和なのだろうとは思う。が決していい時代だったとは思え無い。

かつてフェアトレードで知った紛争地や途上国での幼児たちの不幸。幼いこどもたちにとって必要三原則は、愛と家と食べ物、それら一つでも欠けたなら生きてはゆけない。なんとか少しでも良くしたかった。

しかし、足元日本での現実になってきていた。隠され閉ざされた所での、日常的に続く虐待ほど無残はあるだろうか。

ありあわせで具沢山の味噌汁つくり、何度か食べ、残った汁にご飯を入れ温めて、とろけるチーズやスパイス散らして食べるのが好きだった。だけど、一日一回だけの具の無い味噌汁だけで逝った児が。

払いきれない嘆きの源になっている。取り返せない不幸を負う家族や人々が増え続けている。

10　次世代への希望になって！

太陽光発電が実用化できた。吉野彰先生のリチウムイオン電池の大型の蓄電池として太陽からのエネルギーを蓄えられた。なんと素晴らしい事か！　すでにハワイでは実用化され、五〇〇〇世帯の電気を賄っていると報じていた。

温暖化のせいか北陸地方でも、やたら太陽光を集めるパネルが目立ってきていた。それでも巷で、あれはロスが多くて、設置業者に騙されているのだ。

それに電力会社は太陽光発電の電気の買取価格を値下げすると言っているのだからとか、遠巻きに気の毒がっていた。

それでも、ドンドン建ちつづけ、高いポールが必要な風力発電は全く増えなかった。

石川県で三〇年程前に設置されたが、北陸ではブリ起こしと言う冬の落雷があり、大損害で止めてしまっていた。それで一〇年程前に、福井県の海から少し内陸に入ったサツマイモ畑に聳えるプロペラが、優雅に回転するのを眺めて立派な避雷針が入っているのかな、と思った。現在も立っている。優雅に回っているが増えてはいない。

吉野先生はノーベル賞を与えられた。人類すべてに恩恵を与えると認められた。

アメリカは来年にも、国内でハワイで建設したものより規模の大きい発電所を三ヶ所造る予定だと聞いた。

日本はどうか？　未だ老朽した原発に稼働承認許可を与え続け、太陽光発電で得た電気の利益も還元すべきところに戻されないのだろうか？

電力会社にとって原発は限りない負担になっているはずだから。

今すぐすべての原発を停止させ、石棺で覆いながら、同時並行にと言っても、順次、太陽光発電所をたててゆけたならと、アニメイターなみの想像力を働かせてみてもそれだけ。

フクシマのメルトダウンした原発の状況さえ未だ確認しきれていないのだから。

いずれにしても卓越したリーダーシップの執れる人物と博愛心を持ち頭脳明晰なスタッフが揃わなければならない。

世界への光明も未だ我が国にはいたらないのか？！


同じころ日本のスタッフが、洪水の多いタイ北部で水陸両用自動車を使って首まで水につかっていた人々まで助けられた、との報道を聞いた。タイ国での注文が千台近くになった。会社としての製造ができるようになった。それで日本でも展示会を開いたと聞いた。

豪雨台風で濁流にのみこまれた人々の記憶が鮮烈だったので素晴らしいと思った。いつどこで起きても不思議でない災害、これはなんとかスムーズに製造組み立て工場ができればと願った。素晴らしい人々を伸び伸びと活かし、海外の人々にも喜んでもらえる国になってほしい。

また新たに何かを開発するならそれが出来る環境が国内に在ってほしい!!

エピローグに代えて

言いたいことを言う友がやってきた。彼女は実は重病人なのです。幾つものガンをかかえている。乳がんから始まって甲状腺がん、卵巣がんで腎臓まではれ上がって導尿管につながれたり、そして膵臓がんとなり、膵臓の上部だったので、胆嚢を切除、胃小腸、大腸夫々の上部を切ってつなぎ合わせる大手術を行っていた。

髪の毛は三度抜け落ち、現在三度目の頭髪が萌出している。手術、抗がん剤、放射線照射、魔の三種の神器といわれている方法を駆使しながら、必要な時間以外は自宅兼古民家を移築したアトリエに戻って生活している。

血管は十分の一の細さになり左腕にポートが設けられている。それでも病院にはいない。医師たちも治療のスケジュールを厳守することを条件で彼女の意志を尊重している。

日本人のほとんどは、医者に自分から物を言わない。彼女は、「私の親友の弟がここで殺されたと言っていたけれど私まで殺さないでね」と、はなはだ人聞きの悪い事を言った。

彼女の弟は東京から駆け付け、姉と共に医師と何度も話し合いを持ち信頼関係も充分取れた。

弟は東京で薬局を開いていた。

私はもどかしい思いはしながらも、病人はオレだから余計な事はしないでくれと、言われていたので、自分の意志を口で告げられるかぎりは黙っていた。しかし黙っていると、看護しやすいような対応になってくることは実感できた。

弟が夕方に処置室に入り、翌日未明二時になって手術室から出て来た。麻酔は効いたまま主治医の方を見た。ひどく疲れている様子。流石に話すのは無理と弟のストレッチャーに付き添って、個室にはいった。余ほどきつい麻酔だったのか、弟は陸に揚げられた魚のような状態だった。このまま目覚めないのかと思う程だった。教授回診ぎりぎりに目覚めたので水差しを置いて、今こそ何か聞きたいと歩み寄ると、主治医は教授と私の間に入った。教授は次の部屋へと移った。明らかに私は遮えぎられた。

彼女の様に、医師の力と現在進行形の医学を最大限引き出し続ける明確な意思を持って、対峙しなければならなかったのか！　闘病一一ヶ月。もっと治療の説明を求めるべきだった。また、されるべきだった。

抗がん剤や放射線照射は、やはり副作用が強く食べ物が取れなくなる。癌死は餓死とまで言われる所以だ。スープの上澄みさえ吐く状態では、家にいてもねたきりになったり、舌もしびれ味がわからなかった。そんな状態からまたたちあがれるのだろうかと何度も思った。けれど私まで、このことは神のみご存じだと思えてきた。

治療の無い期間で舌の感覚が戻ったから、と手作り料理をもって嬉しそうに来てくれた。

メニュー　おにぎり　巻きずし　干しブドウも入ったアップルパイ
　　　　　大根の漬物　ぜんまいとインゲン豆の煮もの　おでん
　　　　　とれたてのおおきな椎茸

など、おにぎりは海苔巻きで、笹の葉にのせられていた。

おでんはすじ肉、タコ足、こんにゃく、里芋、が竹串にさしてあった。

どれも味がしみこむように充分時間をかけ、厚切り生芋こんにゃくは両面に細かくさざなみのような切込みが入れられていた。

すじ肉は新鮮な塊を買って自分でゆがいたり下準備をしたはず。

すべて手抜きない。だしは昆布とじゃこ。猫が嗅ぎつけて取りに来たがるものでじっくりとったものだ。いつもそうだったように。

どれも華美でなかったが、だれでもしみじみうまい～と詠嘆してしまう味だった。

「ね、ね、早く食べてよ。私、あなたの食べっぷりが好きなんだから」と急き立てる。

一緒に食べるつもりでいた。

「私？　だめよ。食べられないの」「どれも！」「そうよ。お味噌汁に大根や株の葉など刻んで入れて汁は飲めるようになったわ」と。

前々から私をブキッチョなんだからと言っていた。どれも食べやすくしてあった。自分は食べられないのに、重い症状なのに。奇跡のように感じられた。


二人とも声は無事だったので話は尽きなくなる。つい大声になり易いので、この時ばかりは疲れさせてはいけないと気遣ったが、ひさしぶりだからと、ついつい同意が叫びになる。声帯切除の危険もあったのにと、我にもなくブレーキをかけるが、構わないで気になった話題の意見交換を迫って来た。


中村哲医師の銃撃事件は、断固としたローマ教皇フランシスコさんの理念を貫ける国であれば打たれる事はなかった、と共に無念がった。

砂漠化で水も食料の自給もままならない貧しい国で、なんとか雪解け水を引く水路を造っている人々の邪魔をする大国におもねった日本。ひたすら水と緑を、とのいそしみの背後に武器を持ったものがいることほど迷惑なことはないはずだ。

水と緑で命育める土地が出来た。この仕事への協力には一切の武器はいらないはずだ。乾いた土を掘る道具、水路の底や壁を造る石や運ぶ道具、休憩するときのテント、そこで炊き出し出来たなら……、することはたくさんある。こんな目的で働けたならそれだけでどんなにしあわせか！　邪魔しないで協力する国になってほしい。


公子さんは帰り際に、梅のおにぎりだったけれど、春になったらまたふきのとう味噌を入れたおにぎりをつくってあげるからね、と約束してくれた。

彼女は師と共に東京から移住して五〇年以上。限界集落は宝の宝庫だとの持論がある。今はその論議どころでなかった。


後ろに山を背負ったボンボロチィ寺に時々出かける。そこだってそんなに郊外でない。それでも動物園みたいになっている。サル、キツネ、タヌキ、かもしか、ついでハクビシン。時間差や季節状況、留守の間でなんかかんかやって行く。知らない間に立派な釣り鐘みたいな家で住んでいる奴らもいた。スズメバチ一家だ。

住職は一度やられている。次には仏さんになるが、ヤツラに引導は渡されたくないと蜂取のスペシャリストになった。

以前私は渓流流れる里山の廃屋を借りて住んだ。家の前の渓流で合鴨三羽飼っていた。鴨たちは鶏より大きな卵を産んだ。朝四時から起きだし、からすと競争してゲットした。

一日も同じ日はなかった。小さくも色とりどりのドラマがあった。大雨が降り澄んだ渓流が鉄砲水を放つおおきなドラマが起こるまで。今も里山くらしの憧れはあるけれど、もう、からすにも勝てない。


東西南北陽光降り注ぎ、風渡り、水路整っている耕作の放棄地さえもある。土は心込め語り掛け、植えた物はなにをすればいいか語ってくれる。

大きな白長須鯨は小さなオキアミだけで生きているそうだ。必ず命を支え育くんでくれる。地球の大きさ深さ、かけがえのなさを心に満たし自然命の古里へ還ろう。

これからのスタート

足は歩けと言っている。踵は体を持ち上げ、歩を進めさせている。

出版に際してのお礼

様々な方々のご協力あってなんとか書き進められました。言葉に尽くせません。ありがとうございます。

九谷吸坂窯の硲紘一さん、海部公子さんお二人の、装丁だけでない親身のご協力に励まされましたことを記します。

今コロナウィルスで世界中が足並みとりどりに対応に懸命です。一日も速く終息してくれればと願っています。

命と言う共通点で歩をそろえられたことがかつて在っただろうかと、これからも命を大切に助け合ってゆけたならと祈っています。

二〇二〇年二月

渡利睦子

吸坂手樹の新芽皿（紘）16.0 × 2.5cm

《筆者プロフィール》

渡利 睦子（わたり むつこ）

福井県との県境石川県の小さな城下町大聖寺に1946年生まれる。

私塾を開く傍ら、日本各地出かけ学校で習わなかった事実を知る。


途上国支援のフエアトレードに関わり、国際交流で接点のあった数えると31ヶ国の若者たちと友人になった。

来ないかといってくれるが、訪問できた国は、韓国、アメリカ、ベトナム、スリランカなど。

今後は未定。

友達呼んで一緒に食事をするのが趣味。

TEL & FAX： 0761−72−7012

なぜ 私の足は勝手に動き出したのか

2020年3月30日　第1版第1刷発行

著　者　渡利睦子

発行者　小川　剛
発行所　杉並けやき出版
〒166-0012 東京都杉並区和田3-10-3
TEL　03-3384-9648
振替　東京 00100-9-79150
http;//www.s-keyaki.com
発売元　星雲社（共同出版社・流通責任出版社）
〒112-0005 東京都文京区水道1-3-30
TEL　03-3868-3275
印刷／製本　（有）ユニプロフォート

ISBN978-4-434-27360-5 C0036